做一个精神明亮的人

王开岭 著

湖南文艺出版社
HUNAN LITERATURE AND ART PUBLISHING HOUSE
·长沙·

博集天卷
CS-BOOKY

只 为 优 质 阅 读

好
读

Goodreads

升旗仪式上的演讲

同学们好，很激动站在这里，和大家共享这样一个清晨。

这个时刻，无论对于大自然，还是对于日常生活，都是敏感、隆重而庄严的。

许多年前，我写过一篇散文，叫《精神明亮的人》，开头我提及19世纪法国作家福楼拜的一个习惯：看日出。我谈到了清晨之于感官和知觉的意义，谈到了苏醒的光线给一个人的身心所提供的滋养，对一个人的精神所产生的激励和鼓舞。我说按时看日出，是生命健康与积极性情的一个标志，它不仅代表了一记生存姿态，更昭示着一种生命哲学和精神美学。透过晨曦，我仿佛看到一个人在给自己的生命举行升旗仪式。

又过了几年，"精神明亮的人"成了我的一本书名。

升旗，这是个精神仪式。升起的既有这个国家的旗帜，还有我们青春的旗帜，与之一道升起的，还有我们的憧憬：对自由、价值和尊严的渴望，对这个国家未来的期许。旗帜上的内容，不是教科书里那么简单，它更真实、更辽阔的部分，需要你们自己去填写。我们要在提升自己的同时，提升这个社会，提升这个共同体的气质和品格。换言之，这面旗帜，它需要和曙光一起，不断地诞生，它每天都是新的。

让我们把自己升起来，把这个社会升起来，把未来升起来！我们是什么，它就是什么！这面旗帜、这个国家就是什么！这就是升旗的意义。

今天，最让我感动的，是面对这么多纯真的面孔！无论生理和心灵，你们都是清晨里的人，这多么美好，多么让人羡慕。前几天，在网络上看见有位中年人在吐槽：他感慨自己和周围的同龄人，"如今都长着一张应酬的脸"，忙着与各种事物周旋、缠打、唱和、献媚，脸上的表情和笑纹都是假的，是修饰过、格式化、计算好的，那张脸上只有一个逻辑，即"利益最大化"……最后，他惊讶于这些脸"竟然长得一模一样"。

是啊，这种一模一样的人很多，他们暮气沉沉、锈迹斑斑，他们成了精神意义上的老年人，灵魂上爬满了皱纹，他们每天都在暗地里给生命降旗、给青春和梦想开追悼会。

一旦面具戴久了，脸就长成了面具的模样。

是的，他们的人生已成酱缸，发霉变馊了。

而你们不是，至少现在不是。

你们朝气蓬勃、郁郁葱葱，正冉冉升起。

感谢你们的学校，为我提供了这样一个时刻，让一个生理上的中年人，和这么多干净的少年人一起，为生命举行升旗。这份清晨的空气，连同你们纯洁的气息，我将深吸一口，收纳在我的脑海里、肺腑里。更希望多年以后，你们的脸上，依然留有这份气息，拒绝那些"应酬的脸"落在自己肩上。

近年，我常说的一句话是：在一个雾霾的时代，让我们提升内心的光线，做一个精神明亮的人。

何谓精神明亮的人？我的理解是：精神意义上的年轻人。

具体点说，是有着清晨特征，闪着露珠、身披霞光的人，是头脑合格、性情温美、内心充满诗意的人，是有行动能力的理想主义者，是在认清了生活的真相之后依然热爱生活的人。

校园是什么？校园是孕育"年轻人"的地方，是"年轻人"的保护伞，是一个时代的精神孵化器和价值庇护所。

在我看来，教育的目标，即培养这样的生命类型：精神明亮的人。

如果说，大学侧重培养的是能力，是专业技能和高级知识，那中小学孕育的就是种子，是本色和基因，是生命的奠基工程，尤其在价值信仰、生命美学和常识启蒙上，它显得更关键，比如对生命和个体的态度、对大自然和动物的态度，再比如公民理念、人道主义、宽容精神、自由信念、悲悯情怀、共同体责任和使命感……

假如社会能让一个出了校门的人轻易变质，说明这种子还不够强壮，不够优良。

读书，就是育种。读什么书，就是育什么种。

一个人的心灵发育史和精神成长史，取决于他的阅读史。

既然是史，就有个选项和次序问题。饮食上有个现象：一个人无论身在何处、年龄几何，他最偏好的还是家乡那一口。科学解释了这一点：人的舌苔有着顽强的记忆，它默认"最初即最好"，先入为主，并绝对忠诚。天下人皆觉得母亲做的菜最好吃，因为我们的味蕾是母亲启蒙的。

同样，作为精神食粮，一个人在少年时遇到的书，塑造了他一生的性情、品格乃至信仰，决定了他的精神气质、价值走向和审美趣味。

饭可以不挑食，但书应该挑，而且要挑对，专挑美食。一个人的胃就那么大，所以必须挑可口且有营养的来吃。

什么是好书？书该如何读？我个人体会，它要满足三个方面的考量：语言系统，美学系统，价值观选项系统。适合少年人的书，应分别或同时在此三个方面有所贡献：一、展示语言的准确、生动和美，包括创造性使用。二、提供自然美学、情感美学、生活美学、艺术美学、人格美学的营养。三、输送丰富的价值观选项，供孩子们比较和录取。

读书的目的不是考试，是做人，是把"人"做对、做好、做美。

读好书、读对书，就具备了做好人、做对人的可能。一所学校，高考状元和名校生再多，升官发财者再多，最终一盘点，它送出的贪官也多，人格缺陷者也多，精神灰色者也多，不幸福的人也多，那它的校园文化和教育生活就是失败的。

"读万卷书，行万里路"，读书和旅行，确是人生最幸福的事。读书也是旅行，内心之旅，它领略的是人类史上那些璀璨的精神地理和心灵风光。一个人即使踏遍了全世界，若回不到自己的内心，那他在精神上依然足不出户。

老师，尤其语文老师，应成为汉语世界里的旅行家和鉴赏家，你是什么，语文就是什么；你有多大，课堂即有多大；你有多美，语文即有多美。

你读什么书，孩子就读什么书。

今天的孩子读什么书，中国的未来就是什么样子。

最后，赠送大家一句话，海明威说：这世界很美好，值得我们去奋斗！

记住，奋斗——是个动词。

2016 年 4 月

目录 ▼

第一辑

灵魂肌肤

精神明亮的人 　　　　　　　　　　002

当她十八岁的时候 　　　　　　　　010

轮椅上的那个年轻人，起身走了 　　015

我们无处安放的哀伤 　　　　　　　024

2020，静止的春天（节选） 　　　　039

一个人的精神地理（节选） 　　　　051

两千年前的闪击 　　　　　　　　　058

雪白 　　　　　　　　　　　　　　064

列车上的瓢虫 　　　　　　　　　　069

一条狗的事业 　　　　　　　　　　073

第二辑

理性骨骼

决不向一个提裤子的人开枪　　　　083

文明的守夜人　　　　087

"坐着"的雕像　　　　092

打捞悲剧中的"个"（节选）　　　　098

对动物权利的声援　　　　106

小熊的笑声　　　　116

向儿童学习　　　　120

光荣的父辈　　　　126

一个好的时代　　　　133

第三辑

现代忧思

再见，萤火虫 139

每个故乡都在消逝（节选） 146

消逝的"放学路上" 155

江河之殇 165

耳根的清静 172

蟋蟀入我床下 179

荒野的消逝（节选） 188

"乡下人"哪儿去了 205

我是个移动硬盘 210

人生被猎物化 214

人是什么东西 217

第四辑

生活美学

在古代有几个熟人　　　　　　　　225

一辈子就是玩，玩透了　　　　　　235

春天了，一定要让风筝放你　　　　242

人生树下　　　　　　　　　　　　248

日子你要一天一天地过　　　　　　254

让我们如大自然般过一天吧　　　　262

向死而生　　　　　　　　　　　　267

人生的深味　　　　　　　　　　　273

第五辑

精神姿势

爬满心墙的蔷薇 281

仰望：一种精神姿势 290

语文的使命 295

读书：最美好的生命举止 300

"无穷的远方，无数的人们" 308

做一个有"祖"的人 315

灵魂肌肤

精神明亮的人

提　要

　　"按时看日出"，乃生命健康与积极性情的一个标志，更是精神明亮的标志。

　　透过那抹橘色晨曦，我触摸到了一幅剪影：一个人在给自己的生命举行升旗！

1

19世纪的一个黎明,在巴黎乡下一栋木屋里,居斯塔夫·福楼拜在给女友写信:"我拼命工作,天天洗澡,不接待来访,不看报纸,按时看日出。我工作到深夜,窗户敞开,不穿外衣,在寂静的书房里……"

"按时看日出",我被这句话猝然绊倒了。

一位面壁写作的文豪,一个吝惜时间的人,却每天惦记着日出,把再寻常不过的晨曦视若一件盛事,当作一门必修课来迎对,为什么?

它像一盆水泼醒了我,浑身打个激灵。

我竭力去想象、模拟那情景,并久久地揣摩、体味它……

陪伴你的,有刚苏醒的树木,略含咸味的风,玻璃般的草叶,潮湿的土腥味,清脆的雀啼,充满果汁的空气,仍在饶舌的蟋蟀……还有远处闪光的河带，岸边的薄雾，红或蓝的牵牛花，隐隐战栗的棘条，一两滴被虫声惊落的露珠，月挂树梢的氤氲，那蛋壳般薄薄的静……

从词的意义上说，黑夜意味着偃息和孕育；而日出，象征着诞生和伊始，乃富有动感、饱含汁液和青春性的一个词。它意味着你的生命画册又添置了新的页码，你的体能电池又注入了新的热力。

正像分娩不重复，日出也从不重复。它拒绝抄袭和雷同，因为它是艺术，是大自然最宠爱的一幅杰作。

黎明，拥有一天中最明澈、最鲜泽、最让人激动的光线，那是灵魂最易受孕、最受鼓舞的时刻，是最青春荡漾、幻念勃发的时刻。像神性的水晶球，它唤醒了我们对生命的原初印象，唤醒了体内沉睡的细胞，使人看清了远方的事物，那些险些忘却的东西，看清了梦想、生机和道路……

迎接晨曦，不仅是感官愉悦，更是精神体验；不仅是人对自然的阅读，更是大自然以其神奇作用于人的一轮撞击。它意味着一场相遇，让我们有机会和生命完成一次对视，有机会深情地打量自己，获得对个体更细腻、清新的感受。它意味着一次洗礼，一道被照耀和沐浴的仪式，它赋予生命以新的索引、知觉，新的闪念、启示与发现……

"按时看日出"，乃生命健康与积极性情的一个标志，更是精神明亮的标志。它代表了一记生存姿态，更昭示着一种爱生活的理念，一种生命哲学和精神美学。

透过那抹橘色晨曦，我触摸到了一幅剪影：一个人在给自己的生命举行升旗！

2

与福楼拜相比，我们对大自然又是怎样的态度呢？

在一个普通人的生涯中，有过多少次沐浴晨曦的体验？我们创造过多少这样的机会？

仔细想想，确有过那么一两回吧。可那是怎样的情景呢？比如某个刚下火车的凌晨——

睡眼惺忪、满脸疲态的你，背着包，拖着灌了铅似的腿，被人流推搡着，在昏黄路灯的搀扶下，走向出站口。突然，一束猩红的浮光鱼鳍般游来，拂在你脸上——你倏地意识到：日出了！但这个闪念并没有打动你，你不关心它，你眼皮浮肿，头疼欲裂，除了想赶紧补个觉，一秒也不愿多待……

或许还有其他，比如登黄山、游"五岳"：蹲在人山人海中，蜷在租来的大衣里，无聊而焦急地看表，终于，人群开始骚动，巨大的欢呼声中，大幕拉开……然而，这一切都是在混乱、嘈杂、拥挤不堪中进行的，越过无数的后脑勺，你终于看见了，和预期的一模一样——像升国旗一样，规定时分、规定地点、规定程序。你惊醒：这是早被设计好了的，被导游、门票、地图和行程计算好了的。美则美矣，但感觉不对劲：它太隆重，有点失真，有人工之痕，且谋划太久，准备得太充分。

而更多的人，或许连一次都没有。

一生中的那个时刻，他们蜷缩在被子里，在昏沉，在蒙头大睡，在冷漠地打着呼噜——第一万次地打着呼噜。

那光线永远照不到他们，照不见身体和灵魂。

3

放弃早晨，意味着什么呢？

意味着你已被遗弃了。意味着你看到的世界是旧的，和昨天一模一样。仿佛一个人老是吃陈年发霉的粮食，永远轮不上新的，只会把新兑换成旧。

意味着不等你开始，不等你站上起点，即被抛至中场，就像一个人未谙童趣已步入中年。

多少年，我都没有因曙光而激动的清晨了。

上班的路上，挤车的当口，迎来的是煮熟的光线，中年的光线。

在此之前，一些重要的东西已悄悄流逝了。或许，是被别人领走了，被那"按时看日出"的神秘人。一切都是剩下的，生活还是昨天的生活，日子还是以往的日子。

可，即使偶尔起个大早，又能怎样呢？

都市的晨曦，不知从何时起，早已变了质——

高楼大厦夺走了地平线，灰蒙蒙的尘霾，空气油腻，挥之不散的汽油味儿，即使你捂起耳朵，也挡不住车流的喇叭。没有合格的黑夜，即无所谓真正的黎明……没有纯洁的泥土，没有旷野远山，只有牛角般粗硬的黑水泥和钢化砖。所有的景色，所有的目击物，皆无施洗过的那种鲜泽、那抹蔬菜般的翠绿与寂静……你意识不到一种"诞生"，觉不出婴儿醒时的那种清新与好奇，即使你大睁着眼，仍像在昏沉的睡雾中。

4

爱默生在《论自然》中写道："实际上，很少有成年人能真正看到自然，多数人不会仔细地观察太阳，至多他们只是一掠而过。太阳只会照亮成年人的眼睛，但却会通过眼睛照进孩子的心灵。一个真正热爱自然的人，是那种内外感觉都协调一致的人，是那种直至成年依然童心未泯的人。"

像福楼拜，即这种童心未泯的人。还有梭罗、史蒂文森、普里什文、蒲宁、爱德华兹、巴勒斯……

无论何时何地，只有恢复孩子般的好奇与纯真，像儿童一样精神明亮、目光清澈，才能对这世界有所发现，才能比平日里看到更多，才能从最平凡的事物中注视到神奇与美丽……

现代成人世界里，已很难有真正生动的大自然，只剩下了桌椅和墙壁，只剩下人的游戏规则，只剩下同人打交道的经验和逻辑……

值得尊敬的成年人，一定是那种"直至成年依然童心未泯的人"。

5

在对自然的体验上，除了福楼拜的日出，感动我的还有一个细节——

苏联作家康·帕乌斯托夫斯基在《金蔷薇》中引述过一位画家朋友的话："冬天，我就上列宁格勒[1]那边的芬兰湾去，您知道吗，那里有全俄国最好看的霜……"

1　圣彼得堡旧称。

"最好看的霜"，最初读到它，我惊呆了。因为在我的印象里，从未留意过霜的差别，更无所谓"最好看的"了。但我立即意识到：这记存在，连同那记投奔它的生命行为，无不包藏着一种巨大的美！一种人类童年的美，灵魂的美，艺术的美。

　　和那位画家相比，自己的日常感受原是多么粗糙和鲁钝。

　　它是那样地感动着我。对我来说，它就像一份爱的提示，一种画外音式的心灵陪护。尽管这世界有着无数缺陷与霉晦，生活有着无数的懊恼和沮丧，但只要一闪过"最好看的霜"这个念头，心头即明亮了许多。

　　许多年过去了，我一直收藏着它。有好多次，我忍不住向友人提问：你可曾遇见过最好看的霜？

　　虽然同无数人一样，我至今没见过它，但我知道，它是存在的，无论过去、现在或未来……

　　那片神奇的生命风光，一定静静地躺在某个遥远的地方。

　　它也在注视我们呢。

2001 年 12 月

当她十八岁的时候

提　要

　　在海边，在六月的白夜，她大声地笑了……

　　巴乌斯托夫斯基评价道："有过这样笑声的人是不会丢失生命的！"

康·巴乌斯托夫斯基在《一篮枞果》中讲了这样一个故事：

挪威少女达格妮是一位守林员的女儿，美丽的西部森林使她出落得像水仙一样清纯，像花朵一样感人。十八岁那年，她中学毕业了，为了迎接新生活，她告别父母，投亲来到了首都奥斯陆。

六月的挪威，已进入"白夜"季节，阳光格外眷恋这个童话般的海湾，每天都赖着不走。

傍晚，达格妮和姑母一家在公园边散步。当港口边那尊古老的"日落炮"响起时，突然飘来了恢宏的交响乐声。

原来公园在举行盛大的露天音乐会。

她挤在人群中，使劲地朝舞台眺望，此前，她还从未听过交响乐。

猛然，她一阵颤动，报幕员在说什么？她揪住姑母的衣服，几乎不敢相信自己的耳朵——

"下面，将演奏我们的大师爱德华·葛里格的新作……这首曲子的献词是：献给守林人哈格勒普·彼得逊的女儿达格妮·彼得逊——当她年满十八岁的时候。"

达格妮惊呆了。什么？这是给自己的？

音乐响起，如梦如幻的旋律似遥远的松涛在蔚蓝的月夜中汹涌，渐渐，少女的心被震撼了，她虽从未接触过音乐，但这支曲子所倾诉的感觉、所描述的景象、所传递的语言……她一下子就懂了它！那里有西部大森林的幽静、清脆的鸟啼、露珠的颤动、溪水的流唱、松软的草地、牧童和羊群，云雀疾掠树叶的声音，还有一个拾枞果的小女孩颤颤的身影……终于，她想起来了。

十年前，达格妮还是个满头金发的小丫头。

深秋的一天，她挎着小篮子，在林子里捡枞果。幽静的小路上，她看见一个穿风衣的陌生人在散步，看样子是从城里来的，他望见她便笑了……他们成了好朋友，一起捡枞果、采野花、做游戏……最后，对方送她回家。要分手了，她恋恋不舍地仰起脸：我还能再见到您吗，先生？陌生人也有些惆怅，似乎在想心事，末了，他神秘一笑："谢谢你，美丽的孩子，你给了我快乐和灵感，我也要送你一件礼物——哦，不是现在，大约要等十年……记住，十年以后！"

小女孩迷惘而用力地点点头。

时光飞逝，森林里的枞果熟了一季又一季，陌生人未再出现……她想，大人或许早就把这事儿给忘了。

小女孩也几乎把这事儿给忘了。

此刻，达格妮什么都明白了。那与之共度一个美好秋日的，就是眼前曲子的主人：尊敬的大师，爱德华·葛里格先生。

音乐落下时，少女泪流满面，她止住哽咽，弯下身子，把脸颊埋在双手里。那一刻，她觉得自己是世上最幸福的人！

演出结束，达格妮再也抑制不住激动，她像一只羞红脸的小鸟，朝着海滩拼命跑，似乎只有大海的胸怀，才能接纳心里的澎湃。

在海边，在六月的白夜，她大声地笑了……

巴乌斯托夫斯基评价道："有过这样笑声的人是不会丢失生命的！"

最初读到这个故事，我立即被它的美强烈地摄住了，被大自然的美，童年的美，少女的美，尤其被它通体洋溢的幸福感，旋涡一样的幸福……（后来知道，大师赋予这首曲子的主题，就是"女孩子的幸福"）

这样的经历，对一个孩子的灵魂将产生多么高贵的影响啊！

少女明亮的笑声中，包含了多少憧憬，多少对生命的信心、感激和爱……谁也不会怀疑，这个幸运的女孩会一生正直、善良、诚实……她会努力报答这份礼物，她要对得起它，不辜负它！她会用一生来追随美，会在很久后的某个夜晚，将这个故事讲给子孙。她会在弥留之际，请求再听一遍那支曲子……

她的孩子们也将像她一样热爱这支曲子，他们也是不会丢失生命的。

一切美好得不可思议！

这是我所知的，由音乐送出的最烂漫的花篮，最贵重的成年礼。

2001 年

轮椅上的那个年轻人，起身走了

注：2010 年 12 月 31 日凌晨 3 点 46 分，作家史铁生在北京宣武医院病逝，告别了他长达 38 年的轮椅生涯。据其遗愿，不举行遗体告别仪式，器官捐献给医学研究。

提　要

疾病，在常人身上是纯苦的累赘，在他那儿，却成了哲学，成了修行，成了生命最普通的行李。他让你发现：原来，肉体可以居住在精神里，世界可以折叠成一副轮椅。

那个轮椅上的人，起身走了，几乎带着微笑。

按他的说法，这不是突然，是准时，是如期。

那一天，世上的喜悦并未减少。那一天，会有很多婴儿来到世间，很多新的人生正徐徐展开，像蝴蝶试验它们的翅膀。

1

北京园子里，地坛，是我颇觉乏味的一个，尤其盛夏，像抽干了水的池子，让人焦灼。

即便如此，在我心里，仍是器重它的，因为一个人和一篇散文。

二十年前，大学的最后一个夏天，在阅览室翻杂志，忽遇一文，不觉间，身子肃立起来。

它把我拐跑了，去了很远的地方，那儿长满荒草和古柏，除了僻静、空荡和潮湿的虫鸣，只剩一个小伙子和他的轮椅。那个脸色苍白、被孤独笼罩的青年，那个消沉倦怠、无事可做的青年，那个在灿烂之年猝然摔倒的青年，终日躲在其中，在墙角，在荫下，漫无边际地冥想，关于青春、疾病、身体、活着的意义……与之相伴的，只有光影、落叶和衰老的年轮。暮色苍茫时，母亲细弱的寻唤，云丝般飘来，他选择答应，或沉默。

"这是个废弃的园子。"这个自感被废弃的人叹道。

"搬过几次家，搬来搬去总在它周围，且越搬越近了。我常觉得这中间有宿命的味道：仿佛这古园就是为了等我。"

对一个刚结束身体发育、精神正闹饥荒的学生来说，那个阅览室的下午，犹如节日。傍晚时，他一溜烟跑向复印室，把整篇文章揣进书包。

《我与地坛》，作者史铁生，《上海文学》1991年第1期。

大概又过了十年，我才真正跨进那园子。

对它，我早早存下了一份敬意和暗恋，仿佛那并非公园，而是一个人的心灵私宅、精神故居。其间的一草一木，都是被喂养过的，被一个年轻人的寂寞，被他的时针，被他心里的荒凉和云烟。

入门前，我迟疑了，顿住，觉得不该这么随便进去，似乎需要一个仪式，该向谁通报一声。而且它不应收门票的，或者，来客带一册书刊，收有《我与地坛》的那种，权当名帖或请束了。如此，我才觉得不鲁莽，经了主人的同意。

"四百多年里，它剥蚀了古殿檐头浮夸的琉璃，淡褪了门壁上炫耀的朱红……十五年前的一个下午，我摇着轮椅进入园中，它为一个失魂落魄的人把一切都准备好了。那时,太阳循着亘古不变的路途正越来越大,越红。在满园弥漫的沉静光芒中,一个人更容易看到时间,并看见自己的身影。"

我东张西望,找什么呢?

找一个年轻人,找他的车辙,找端详过他和被他端详过的东西。我很急切,一个年轻人对另个年轻人的急切。

其实我不该来。地坛早没了文中描述的清寂,修饬一新的它,像个思想被改造过的人,没了杂草裸土,没了野性、不规则和迷失感,没了可藏身的自由。印象中,它该是茂盛深阔、曲幽弯折的,没有头绪,但能藏住很多东西,能收留很多的人和事。

它变肤浅了。

终于确信:那人走了,不住这儿了。

我也该走了。没事我就不来了。

但我知道他在这座城池里,他在一个人生病。

那种病,漫长、坚忍、安静,犹如事业。

如果说世上有什么纯属私事,那就是生病。生病会让一个人的身体极度孤独,也会让精神极度纯粹,尤其上帝给他的那种病。

2

无论作品或生涯、肉体或精神，史铁生都是和"意义""终极"打交道的那类人，也是最亲近灵魂真相和永恒的那类人，我称之为生命修士。

疾病，在常人身上是纯苦的累赘，在他那儿，却成了哲学，成了修行，成了生命最普通的行李。他让你发现：原来，肉体可以居住在精神里，世界可以折叠成一副轮椅。

"职业是生病，业余在写作。"他笑得晴朗，像秋天。

一个以告别方式生活的人，一个倒着向前走的人。

他的从容、镇静、平淡，他健康无比的神态，让你醒悟：焦虑、惊惧、凄愁、怨愤——是多大的荒谬与失误。不应该，也没理由。

"死是一件不必急于求成的事，死是一个必然会降临的节日。"

他说中了。他注解了自己。

2010 年最后一天，上午醒来，打开我的手机，涌入最多的短信不是"新年快乐"，而是：史铁生走了。

"时间不早了，可我一刻也不想离开你，一刻也不想离开你可时间毕竟是不早了。"

他赶上了新年，选择了宇宙新旧交替之际，愈发像个仪式。

我并不悲伤，甚至不觉得是个噩耗。它更像个消息，一个由他本人发布的通知。

我只觉得周围的景物有点恍惚、陌生。

对很多喜欢或热爱的人，我们并不期待撞面，只知彼此都在就满足了。当有一天，对方突然离去，我们最大的感受，或许并非痛苦，而是失落，是孤独，是对"空位"的不适应。就像影院里看电影，忽然身边的人起身走了，留下个空座，你会不安，盼那个陌生人再回来……

那天的短信中，有位母亲说，她特意朗读了《我与地坛》，儿子静静地听……孩子小，不太懂，但说了句，妈妈你念得真好。

和我一样，她不悲痛，只是告别。

因为他从来不是一个悲剧。

新年钟声响了，在稀疏的报道中，我知道了些最后的情景——

凌晨 3 点 46 分，他因脑出血在北京宣武医院去世。6 时许，按其遗愿，肝脏被移植给天津一位病人。上午，在该院脑外科的交班会上，一位叫凌锋的教授向同事深情地说："从昨天夜里到今天凌晨，有位伟大的中国作家，从我们这里走了。他，用自己充满磨难的一生，实践了生前的两条诺言，呼吸时要有尊严地活着，临走时，他又毫不吝惜地将身体的一部分传递给了别人。我自己、我们全科、我们全院、我们全国的脑外科大夫，都要向他——史铁生先生致以崇高的敬意。"

3

那个轮椅上的人，起身走了，几乎带着微笑。

按他的说法，这不是突然，是准时，是如期。

那一天，世上的喜悦并未减少。那一天，会有很多婴儿来到世间，很多新的人生正徐徐展开，像蝴蝶试验它们的翅膀。

多年后，在中学课本里，这群长大的孩子会邂逅一篇叫《我与地坛》的散文，会像那轮椅上的年轻人一样，思考青春、梦想、活着的意义……

那是所有人都会遇到的考题。所有答卷中，有一份完美的卷子，那个考生，叫史铁生。

终于，我可以正式地怀念他，毫不吝啬地赞美他了。

他属于那种人——

他们以自己的生活、体态和穿越岁月时的神情，给时代肖像、给人类精神添加着美、尊严和荣誉。

正因空气中有其体温，树木上有其指纹，这世界才不荒凉，街道才不冰冷。他们不会让天变蓝，却让大家对天空保持积极的想象。他们不能搬开大地上的垃圾，无力拔除民间疾苦，却让我们觉得可以忍受，可以坚持，继续对时代留有信心与好感。

无论遭遇什么，只要一想到，人群中包含他们，大家一起走，一起唱，一起看花开花落、云卷云舒，一起承担每个明亮或昏暗的日子……我们即会坚称这世界很美好、这人生值得过。无论个体命运多么黯淡，只要一想到，这是个曾来过孔子、苏格拉底、李白、苏轼、普希金、莫扎特、贝多芬、安徒生、莎士比亚、罗曼·罗兰、阿赫玛托娃、德兰修女、几米漫画、丁丁历险记的世界，这是留有其作品和足迹的世界，我们即会情不自禁地微笑，对生活做出肯定性的投票。

与之为伍，这是我们热爱生活的重要依据，也是幸福感的来源之一。

史铁生，即他们中的一个。

往日，我们若无其事地分享他，习以为常，直到其走了，才倏然一惊：他多么重要！多么值得感谢！

4

最后，我还想对地坛说点什么。

年初，我又悄悄来看过你一回。

我来，是想告诉你，轮椅上的那个小伙子走了。

我猜，远行前，他的灵魂肯定也来过，向你告别。

我来，还想告诉你，我觉得你应该做点什么。

比如，在一棵树下，放一位年轻人的雕像。

甚至，可邀请他长眠于此，如果他愿意。

2012 年

我们无处安放的哀伤

注：北京时间 2008 年 5 月 12 日 14 时 28 分，以中国四川省阿坝藏族羌族
自治州汶川县映秀镇为震中，发生里氏 8.0 级地震，8 万余人遇难，
37 万余人受伤。

提　要

是的，正因为那一个个"川"，才有了你的曲
线和妖娆，才有了你深寺的桃花、竹林的茶香、马
帮的铃声、雪山的梦境……你的美曾让我神魂颠倒，
感动得泪流满面。然而今天，这美竟成了天堑，成
了饕餮之口，成了生离死别、咫尺千里的险阻，成
了让人诅咒的墓穴……当然，这不是你的错。其实，
我只是不敢正视你的罪。

是的，大地，我不恨你，即使你犯了天大的错。
我只能不可救药地爱你，别无选择。

如果不相信灵魂不死，我们何以堪受这样的悲恸和绝望。

——题记

1

它是怎么来的？

5月12日，央视南院。那个阳光还算灿烂的下午，正在餐厅淘影碟，有人突然闯进来，表情怪异：地在动？动？

回到楼上，各栏目间已嘈成一团，所有人都站着，手机、座机不停敲键，成都、绵阳、都江堰……听筒里传来的全是沉寂。空荡、可怕的忙音，这是生死未卜的忙音，这是与世隔绝的忙音……至今，这忙音仍幻听般住在我耳朵里。

那是生命突然失明的感觉，它让你怀疑时空的真实性。

远方，远方怎么啦？难以置信的集体失踪！那股空白和哑默，是科幻片里才有的恐怖……你甚至觉得并非对方有问题，而是自己遭遇了不测。是的，我们被远方抛弃了，开除了，遗忘了。

没任何预兆，在最意想不到的时候，大半个中国被袭击。

我们目瞪口呆。

一时间，忘了奥运火炬往哪儿传，传到了哪儿。

几天后，有人这样描述那一刹的降临："家门口，常有载重大货车过往，12 号午后，又一阵轰隆隆，隔壁老曾没遇到这么大的动静，正准备出来骂街，没到门口地就晃了……事后才知，是北川那边的山塌了。"

所有活着的人，都只剩下一个身份：幸存者。生死存亡，简单到了无以复加的地步，仅仅因为距离，因为你脚踩的位置，因为你恰好走到了某处。

我突然看清了一个事实：人生，很大程度上不过是"余生"。

我不会忘记那幅照片：一只石英钟睡在瓦砾间，指针对准 14 时 28 分。

这是它扔下的第一个夜晚。守着电视待到天亮，我觉得入睡是可耻的。我知道，这个大雨滂沱的夜里，很多人会死去，很多灵魂会孤独远行……这样的夜，和一亿年前的夜没区别，冰冷无声，没有光亮，没有站着的东西……这样的夜，他们应有人陪。

13日下午，给已飞赴灾区的同事发了条短信：人最容易夜里死去，给废墟一点声音，一点光，哪怕用手机，让生命挺到天亮……

汶川、北川、青川……中国版图上，没有谁像你镶嵌如此多的"川"字，然而现在，正是这一个个川，刺痛着泪腺和肋骨。知道吗，就在不久前，我还在《中国国家地理》"新天府评选"的对话中，大肆谄媚你天堂般的诗意，滔滔不绝以你为例，鼓吹"'天府'就是沃土和乐土，就是全世界乞丐和懒汉都向往的地方……"想想忍不住脸红，你就这样羞辱了我。

是的，正因为那一个个"川"，才有了你的曲线和妖娆，才有了你深寺的桃花、竹林的茶香、马帮的铃声、雪山的梦境……你的美曾让我神魂颠倒，感动得泪流满面。然而今天，这美竟成了天堑，成了饕餮之口，成了生离死别、咫尺千里的险阻，成了让人诅咒的墓穴……当然，这不是你的错。其实，我只是不敢正视你的罪。

是的，大地，我不恨你，即使你犯了天大的错。我只能不可救药地爱你，别无选择。

2

窗外，一排粗壮的白杨，密匝的枝头几乎贴到了玻璃。这些天，每见这些无动于衷的叶子，我总会想，在川西，在那 10 万平方公里的震墟上，最高者莫过于这些树了吧。想着想着，就会发呆，眼前掠过一些景象。

这个五月，一个人要想掩饰泪水实在太难。

我为那些来自前方的哭诉而流泪：消失的山峦，消失的村寨，消失的炊烟，消失的繁华……无数个家叠在了一起，叠成薄薄的一层瓦砾，肉眼望去，城墟一览无余。一条条川路被拧成了麻花，裂口深得能埋下轮胎，几千公里的盘旋路上会盘旋多少车？那一天，几乎没有车辆能到达目的地。

我为那些随处可见的情景而流泪：瓦砾上，一群无精打采的鸽子，一只不知所措的小狗的眼神，它们像忧郁的孤儿；天在哭，一位母亲站在废墟上，撑着伞，儿子被整栋楼最重的十字梁压住了，只露出头，母亲不分昼夜地守着；一位丈夫用绳子将妻子遗体绑在背上，跨上破旧的摩托车，他要把她带走，去一个干净的地方，男女贴得那么实，抱得那么紧，像是去蜜月旅行。

我为那些声音而流泪：一个10岁女孩在废墟下坚持了60小时，被挖出10分钟后去世，凋谢之前，她说"我饿得想吃泥"；教学楼废墟上，由于坍方险情，救援被命令暂停，一位战士跪下来大哭，对死死拖住他的同伴喊："让我再去救一个！求你们让我再救一个！"

我为那些永远的姿势而流泪：巨石下，男子的身体呈弓形死死罩着底下的女子，女子紧抱男子，两具遗体无法拆散，只好一起下葬。一位中学老师，撑开双臂护在课桌上，这个动作让四名学生活了下来……

我为一排牙印而流泪：当一具具遗体入土时，一个小姑娘哭喊着冲出封锁线，士兵上前劝慰，突然，小姑娘抓起了一只胳膊，猛咬下去，胳膊一动没动，小姑娘又拔出胸针，对着它狠狠扎下……事后，士兵说，"如果我的痛能减轻她的痛，就让她咬吧。"

我为最后的哺乳而流泪：一个年轻的妈妈蜷缩着，上衣向上掀起，已停止呼吸，怀里的女婴依然含乳沉睡，当她被轻轻抱起、与乳头分开时，立即哇哇大哭……

我为那些伟大的诀别而流泪：震墟下，李佳萍鼓励身边的学生，一定要坚持，活下去，人生很美好……当预感自己快不行的时候，她用尚能活动的手，把另只手上的戒指摘下，塞给离她最近的邹红，"如果你能活出去，把它交给我先生，告诉他和女儿，我爱他们，想他们。"杨云芬，一位被轮番救援几十小时的婆婆，在自感无望时，哀求大家不要再徒劳，去救别人，被一次次拒绝后，她用玻璃割破手腕，吞下金饰……在我看来，这份放弃和决不放弃，同等伟大。

我为那些天真而流泪：一个只有几岁的漂亮男孩，在被抬上担架后，竟举起脏兮兮的小手，朝解放军叔叔敬了个礼。一个叫薛枭的少年，被送上救护车时，竟对周围说："叔叔，我想喝可乐，要冰冻的。"面对这些未褪色的稚气，我总想起某首老歌："亲爱的小孩，今天有没有哭，是否朋友都已经离去，留下带不走的孤独……是否遗失了心爱的礼物，在风中寻找，从清晨到日暮……"其实，我最想说的是，孩子，你们不需要太坚强，不坚强也是好孩子。

我为走远的读书声而流泪：14 时 28 分，这是个最威胁课堂的时刻。地震最大的伤口，最大的受难群，就是书包。聚源中学的风雨操场，成了五月中国最大的灵堂，孩子的遗照挂满了天空，像一盏盏风筝组建的班级。映秀镇小学校长的头发一夜间白了，他的四百个孩子，只剩下了百余人，镇上的长者哀叹，下一代没了……

我还为一名乞丐流泪：某地大街上，捐赠箱前来了个残疾人，他只有半个身子，撑一块木板滑行，大家都以为他只是路过，可他竟然停住了，举起盛满碎币的缸子……看这幅图片时，我心头猛然揪紧，"5·12"之后，这世上又要增添多少拐杖和轮椅啊，可敬的兄弟，你是在帮自己的同路人吗？

我还为那最后的遗憾而流泪：陈坚，这个被压了70多小时的汉子，这个在电视直播中脱口"各位观众各位朋友，晚上好"的人，这个戏称"世上第一个被三块预制板压得不能动弹"的人，这个在电话连线中告诉孕妻"我没啥远大目标，只想和你平淡过一辈子"的人，这个不忘为救援队喊"一、二、三"助威的人……就在被挖出、被抬上担架不久，竟再也不理睬他的观众了。

一位军医撕心裂肺地喊：陈坚，你这个浑蛋，为什么不挺住不挺住啊！

是的，这是肉体对精神的背叛，本来我们以为它们是一回事，可实际上不是。两者一点也不成正比。肉体甚至像一个奸细，在我们最以为胜券在握的时候发动偷袭。

是的，我们哭得那么伤心，像一群被抛弃的孩子，像失去了最熟悉的亲人。是的，如果你活下来，你将创造一个完美的奇迹，你将以一场神话般的胜利拯救这些天来人类的自卑和虚弱，你将感动全世界，不，你已经感动了全世界。

想起了一句话：即使死了，也要活下去。

放心吧陈坚，今后的日子里，我们替你活着，生活你的全部。

人可以被毁灭，但不能被打败。

3

我为一座县城的湮灭而流泪：北川。

这个像火腿面包一样，被两片山紧紧夹住的城池，这个曾地动山摇、草木失色的地方，由于受损严重、山体松弛和堰塞湖之险，其废墟已无重建可能。从 5 月 21 日起，这座有着 1400 年县史的栖息地，将全面封闭，所有灾民和救援队撤出。等待它的，很可能是爆破或淹没。

画面上，那幅"欢迎您来到北川"的牌子，刺疼着我。

别了，北川。没有仪式，来不及留恋，来不及告别。

撤离前，在他们匆匆去家的瓦砾上，焚一叠纸、烧几炷香，挖一点可带走或自感重要的东西，一只箱子、一块腊肉、一兜衣物，一缕从亲人头上剪下的青丝……一个年轻人抱着一幅婚纱照，捂在胸前，表情僵滞地往城外走。我知道，这是他唯一的生命行李了。

同事告诉我，撤离途中，常会有人突然掉头跑向高处，只为最后看一眼县城、老宅和那些刚刚拱起的新坟……

我彻底懂了什么叫"背井离乡"。

前年，做唐山大地震 30 周年纪念节目，曾看到一位母亲给儿子动情地描述："地震前，唐山非常美，老矿务局辖区有花园、洋房，最漂亮的是铁菩萨山下的交际处……工人文化宫里面可真美啊，有座露天舞台，还有古典欧式的花墙，爬满了青藤……开滦矿务局有自己的体育馆，带跳台的游泳池，还有一个有落地窗的漂亮的大舞厅……"

大地震的冷酷即于此，它将生活连根拔起，摧毁着我们的视觉和记忆的全部基础。做那组纪念节目时，竟连一幅旧唐山的图片都难觅。

震后，新一代的唐山人几乎完全失忆了。乃至一位美国人把他 1972 年途经此地时的旧照送来展览时，全唐山沸腾了，睹物思情，许多老人泣不成声。

故乡，不仅仅是一个地点和概念，它是有容颜的，它需要物像对称，需要视觉凭证，需要细节还原，哪怕蛛丝马迹，哪怕一井一石一树……否则，一个游子何以能与眼前的故乡相认？

有人说过，百万唐山人虽同有一个祭日，却没有一个祭奠之地。30 年来，对亡灵的召唤，一直是街头一堆堆凌乱的纸灰。

莫非北川也要面临类似的命运？一代后人将要在妈妈的讲述中虚拟故乡的模样？还有那些不知亲人葬于何处的幸存者，无数个清明和祭日，他们将因拿不准方向而在空旷中哭泣，甚至不知该朝对哪一丛山冈……还有那些连一张亲人照片都没来得及挖出的人，未来的某个时分，他们将因记不清亲人的脸庞而自责，而失声痛哭……

遥知兄弟登高处，遍插茱萸少一人。

一代人的乡愁，一代人的祭日，一代人的哀伤……

我知道它何时开始，却不知它何时结束。

4

我将记住一位同事的号啕大哭。

5 月 21 日，在绵阳通往北川的山道上，一个老人挑着筐，踽踽而行。余震不断，北川已临封城，记者李小萌在回撤途中，迎面看见了这位逆行者，他太醒目了，因为已没人再使用他那个方向……老人很瘦小，叫朱元荣，68 岁，家被震塌了，在绵阳救助点躲了一周后，惦念地里的庄稼，想回去看看。

李小萌劝老人别往前走了，太危险，可老人执意回去。"俺要回去看看，看看麦子熟了没有，好把它收了，也给国家减轻点负担。"

又从北川那边过来了俩人，也挑着担，装着从家里刨出的一点吃食。他们也劝老人别回去："那边危险得很。"

李小萌："你现在这些东西，是你全部的家当吗？"

男子："是，就这些喽。"

李小萌："你家人呢？有孩子吗？"

男子："死喽，娃儿都死喽。"

李小萌："那你妻子呢？"

男子："老婆，我老婆也死喽。"

李小萌："还有其他家人吗？"

男子："我妈，她也死喽。"

李小萌："一家四口，就剩你一人了？"

男子："就剩我一个喽。"

另一男子："他们死的死喽，我们活下的要好好活。"

俩人与老人道声别，走了。

自始至终，他们的语调、神情都和老人一样，平静、轻淡，没一点多余的东西。

无奈，李小萌嘱咐老人把口罩戴好，路上小心。

走出了几十米，那背影似乎想起了什么，转过身："谢谢你们操心喽。"

孤独的扁担一点点远去，朝着空无一人的方向……几秒钟后，李小萌突然扭脸号啕大哭，那哭声很大、很剧烈，也很可怜……

当在电视上看到这几秒的哭时，我再次感到肩头发颤。虽然我已被它震撼过一回了，那是在编辑机房。事实上，小萌哭得比电视上更久更厉害，为"播出安全"，被剪短了。按惯例，那哭是要整个被剪掉的，可那天竟意外留住了。这是央视的幸运。

庄稼在那儿，庄稼人不能不回去——这是本分，是骨子里的基因，是祖祖辈辈的规矩。老人遵守的，就是这规矩。这就是事情的全部真相。

是啊，规矩就是真理。正是这真理，养活了无数的人，我，我们。

老乡们的平淡让我感动，李小萌的失态也让我感动。那哭是职业之外的、纯属个人的，但它却让我对所在的职业充满敬意和幻想。

我还羡慕小萌，她终于不再隐瞒，不再克制，不再掩饰。

这些天来，我终于听到了自由的大哭。

哭和泪不一样。放声大哭，是灵魂能量的一次迸溅，一次肆意的井喷。

它安放了我们无处安放的哀伤。

5

一个在震墟上待了半个月的媒体同事说，回北京的第一个清晨，从昏睡中揉开眼，当隐约听到鸟叫，当看见窗帘缝中漏进的第一束光，他掩面长泣……

他说难以置信这是真的，昨天还是废墟，还是阴雨连绵，还是和衣而卧……他说受不了这种异样，这是完全不同的两种空气，没有粉尘，没有螺旋桨、急救车、消防车、起重机的尖厉与轰鸣；脚踩在地上，没有颤巍巍的反射……他说受不了这静，太腐败了，有犯罪感，对不住昨天仍与之一起的那些人，他说想再回去。

是的，我理解你说的。

是的，我们真的变了。从惊天动地的那一刹，生活变了很多。泪水让我们变得洁净，感动让我们变得柔软，撕裂让我们变得亲密，哀容让我们变得谦卑，大恸让我们变得慷慨，剧痛让我们对人生有了醒悟……72 小时的黑白世界，让我们前所未有地体会到了那个早就存在的"生命共同体"的存在。

那么，我们还会再变回去吗？惯性会让我们原路折返——会再次把我们打回原形、收入囊中吗？哪一个更像我们自己，更接近我们的本来和未来？

祝福这个"共同体"吧，它不能辜负那么大的牺牲，不能虚掷那么高的成本和代价。

即使不能飞翔，即使还要匍匐，也要一厘米一厘米地前行。

2008 年 5 月 30 日

2020，静止的春天（节选）

提　要

对于人间，对于自负的地球文明，那是个怎样的春天呢？

一个寂静的春天，一个蒙面的春天，一个惨烈的牺牲的春天，一个彼此呼唤又充满敌意、同病相怜又相互诅咒的春天。

世界成了一座巨大病房，无数的呼号，无数的惊悚，无数的悲鸣，从各个角落，从千万间紧闭的窗户里飘出……瑟瑟发抖的我们，无从辨识，只能把一切消息翻译成坏消息，翻译成梦魇和世界末日。

那个春天，没有旅行，只有漫长的寂静。

——题记

1

怎样才算拥抱过一个春天呢？

我觉得，有一道仪式不可或缺，它须在某个春日里发生，否则，你的春天即不合格，就像洞房花烛之于一桩婚事。

"暮春者，春服既成，冠者五六人，童子六七人，浴乎沂，风乎舞雩，咏而归。"

孔子师徒留下的这番话，在我看来，堪称春天的一道谕旨，亦是对"春"最美的广告和代言。它督促你，莫负明媚春光，到户外去，敞开身体，沐浴天泽，领取那一年一度的大自然福利。

惜哉，2020，我有负这天意了，我们。

那是一场只能叫作"等待生活"的生活。

在一只鸟眼里，那春天并无殊异，山川依旧，星光依旧，杨柳依旧，仍堪称岁月静好，它唯一的好奇是：怎这般寂静、这般空旷？人群呢？喧声呢？车水马龙呢？天上的风筝呢？

是的，人类第一次把自己关进了笼子里。除了房舍，人类把地盘最大限度地还给了野生动物。水里的鱼多了，林中的兽多了，天上的翅膀多了，曾见新闻视频：在欧美一些城镇，熊、鹿、獾、野猪们，大摇大摆地信步街头，那模样不像闯入者，倒像归来者，像合法业主在巡视自家的领地，在检阅自己治下的动物园。

看那些颤晃的镜头，感觉有点怪，后来醒悟：那是囚徒的视角！那是失去自由的人——羡慕铁窗外的世界。

是的，这是一场仅限于人类的不幸。

2

我的印象里，那个春天似乎只有时间，没有空间。

哪怕在时间上，它也和寒冬粘在一起，像块冰坨。

作为春，她的脸竟苍白得没有一丝红润。

整个春天，我滞留山东老家，原本回去陪母过年，不料一待即三个月。

春节刚过，家乡的郊区爆发了一起监狱疫情，近两百例感染，还上了央视新闻……

你能觉出小城猛地颤抖了一下。

一夜醒来，大街小巷，马路天桥，路面上的事物全消失了，仿佛退潮后的沙滩，只剩鱼腥和浪沫。各小区门口扯起了绳索、篱栅、标幅，皆有捍卫最后一方净土之意。

它取消了道路，取消了步履，取消了一个人通往另一个人。

墙，无所不在，连空气似乎也变成了砖，被用来砌墙了。每家每户自成堡垒，并因此获得一种安全感：你是清白的。

你被无边的空寂所占领。

窗外即马路，但罕闻车辆声，尤其夜里，一丝响动也没有，恍若置身荒野。你盼着有意外发生，比如一辆车由远而近驶来，哪怕大货的轰隆声，哪怕急刹的擦刮声。

静，干枯的静，憔悴的静，茧房里的静。

"在做什么呢？"

手机里收到最多的话。

是问候，是探视，也是无聊和空虚，是同病相怜者在交换目光，是无意义者在寻找意义。

是啊，那个牢笼里的春天，你在做什么？

每天在家具中间踱步，如笼中兽，起初还有"奔""走"之意，后来，身子越来越滞，如同被黏住，成了家具中的一员。

微信朋友圈里看到，有人在跑步机上漫游，有人借视频连线对酌，有人用望远镜逛街……

3

寓所是一幢临街楼，东西向。隔着马路，是当地的博物馆，院子里有两处古建：一栋叫"声远楼"的古钟阁，一座九层的铁铸佛塔，皆造于北宋。逢雨天，雾珠迷离，醉眼蒙眬，影影绰绰中，总让我想起那句"南朝四百八十寺，多少楼台烟雨中"……

这画面大大缓解了我的焦躁和寂寞，让我浮想联翩，遁入另一时空。

9岁的儿子在上网课，背的是朱自清的《春》。

"盼望着，盼望着，东风来了，春天的脚步近了……"

我也情不自禁跟出了声，隐隐动容。

春，我知道它来了，它已悄悄爬上了窗台，那是灰白枝杈上的润青，那是流苏一样的杨树穗，那是越来越密的雀啾声……

但它和我隔着墙，隔着护栏和玻璃，有些生分。

这不是我想要的春。

我要的是可触可染、耳鬓厮磨的春，是"出门俱是看花客""人面桃花相映红"的春，是"傍花随柳过前川""斜风细雨不须归"的春，是"春风十里扬州路""乱花渐欲迷人眼"的春，是"陌上花开，可缓缓归矣"的春……

我最饥渴的，其实是阳光。

东西向的楼房，最大困扰是光照，一天里，被太阳直射的机会只有两次：朝阳和夕照。

足不出户，对于小孩子，是一件残酷的事。

他在长身体，他需要晒太阳，他需要合成维生素 D……

每个黄昏，赶在太阳落山前，我打开后窗，叫儿子过来，令其踩上一只高凳，撸袖敞领，尽可能裸露肌肤，去追一天里最后的紫外线。

天冷，每天十分钟。

儿子兴奋地问：这算不算夸父追日啊？

自此，一个儿童踮着脚、伸长脖颈看夕阳的画面，就定格在了我的脑海里。至今，闻某地疫情封控，我第一个念头即小孩子如何晒太阳……那幅画像弹窗一样跳出来。

4

岁末，在北京一场读书会上，主持人问众嘉宾：2020你最难忘的事是什么？轮到我，我说是四月的一天，在山东老家，在室内闷了三周之后，我做出一个决定：带9岁的儿子下楼去，去走马路！去晒太阳！去看春天！

那个午后，我们出发了。

一出户，明晃晃的光扑上来，人犹如撞在了玻璃上，眯起眼，一股暖流涌贯全身，我幸福得一哆嗦，啊，太阳神！

儿子冲着地面直跺脚，像踩着了什么稀罕玩意。

没有车，马路阔得惊人，像一条大河遗下的枯床，无声无际。忽想起2003年"非典"时的北京街头，也是春天，一样的冷寂，一样的空荡，一样的沉默……你坐过空无一人的地铁吗？是的，我坐过。17年了，本以为那样的春天和大街永远不会再有了。

除了主干道，所有巷口皆封，商铺闭户，公园自然也去不成，我们选了朝阳的一侧，慢悠悠，无目标地走。

空气清凉，风有微棱，父子俩挽起衣袖，摘掉帽子围巾手套，仰起脸，虔诚地，像朝圣者那样，把自己献给太阳。

儿子蹦蹦跳跳，他觉得很梦幻，整条大街都是他的，仿佛掉进了乐高城市……

忽然，不知从哪儿冒出一男子，迎面走来，他，脸上竟一丝不挂！你怔住，身子发紧，拉响了警报。和你一样，对方略有迟疑便做出了反应：提前变道，像车辆紧急避险那样。

你捉紧儿子的手，疾步掠过。

那人的身影，也像是逃走似的。

儿子频频回头，似乎舍不下这路人。

我能不戴口罩吗？儿子跃跃欲试。

不是每个人都有口罩。你警告他。

你有点羞愧，为方才对陌生人的心思。你发现自己的目光变成了一名警察、一个审判者，不仅虎视眈眈，甚至有举报和指控的意味。

口罩是一层纱，一面盾，有时也是一堵墙，一座山。

你未曾料，在不久之后，一具躯体对另具躯体的戒备和敌意，将成常态。

在生物界，完全可信赖的，或许只剩草木了。

沿着阳光导航的直线，我们走了很远，终于，在一个十字路口的拐角，激动人心的事物出现了——

　　红色！粉红！是桃花！

　　一声欢呼，父子风一样追上去。

　　红晕的枝条，像女子的纤臂，从松塔后懒懒地伸出。

　　一盏盏、一朵朵、一瓣瓣，那桃色，清澈、灼热、羞涩，像胭脂，像朱唇，像恋情。

　　不自禁摘下口罩。

　　刹那间，一缕清风冲进鼻腔，那股消毒水、纺纱布的味道没有了——那股在肺里盘踞了很久的化学味。

　　我张开嘴巴，大口地深呼吸。

　　儿子很兴奋，凑上前，贴住最近的一簇，贪婪地、使劲吸鼻子，那花瓣颤了一下，我几乎听到一声尖叫……

　　哎，轻点，别把她弄疼了。

　　哦，留点儿花香，给蝴蝶，给蜜蜂……

　　"村南无限桃花发，唯我多情独自来。"

　　这是今年我注视的第一株花，于她，不知算不算"初见人"。

　　这个春天，最寂寞者恐是野外的花儿了，没有目光和脚步，无人赏，无人宠，无人折……

　　告别她，我们继续走，在一处河畔，遇到了垂丝海棠，还有迎春，还有两行绿水荡漾的烟柳……

那个明亮的下午，是我们的节日。

晚上，儿子写作文，提到了与花的亲热，我略改俩字——

"摘下口罩，我闻见了春天的味道。

而春天，看见了我的脸。"

我说，儿子，你会写诗了。

5

"瘟疫是如此残酷，它惩罚的竟是自由与亲密。"

整个春天，除了这句话，我没有任何写作。我把它发在了私人微博上。

终于，夏天来临时，我穿着冬天的衣服回到了北京。

乘高铁前，遵专家提示，N95口罩、乳胶手套、护目镜，儿子全身披挂，像个盔甲武士。

回京后连续多日，我和儿子天天冲下楼，去广场，去公园，踢球、骑车、撒欢，除了吃饭睡觉，不舍得回屋里。

我们以一种近乎复仇的方式索取露天里的一切，阳光、风、叶子、蚂蚁、蚯蚓……

月季在开，鸢尾在开，木槿在开。

苹果、桃树、山楂，忙着做果。

蝶在飞，蜂嗡叫，当阳光刺来，我眯起眼，流下几滴泪。

我知道，生活暂时回来了。

我知道，许多人留在了春天里。

6

午后，照例去日坛公园散步。

途经一片使馆区。

一座座围院，栅门紧闭，明明是前庭，厚厚的落叶却给人一种后院的感觉，且是废弃的那种。没有风，各色的国旗，垂奄着，写满了颓唐与乡愁，我想起了那句"寂寞梧桐深院锁清秋"……

入园，"北京健康宝"扫码，广播里用中英文提示戴好口罩、保持社交距离。

银杏一片橙黄，天空蓝得感人。

忽然，排椅上的背影吸引了我。

一对情侣隔着口罩轻轻触吻，女孩仰着头，双眼微闭。

这让我想起了一幅照片，2003年，北京"非典"期间路人抓拍的，流传甚广，我做节目时还用过，和眼前情景一模一样，连衣着和神态都像。

转身欲去，忽听女孩的一声幽叹——

"好想回到那个不戴口罩的时代……"

心里咯噔一下，她用了个词：时代。

2020 年 12 月

一个人的精神地理（节选）

提　要

　　那场千里夜行，还奠定了我对"北方"的精神印象：我想到了"辽阔""严酷""苍凉""豪迈""忧愤""决绝"这些词，想到了朔风凛冽中的苏武牧羊、昭君出塞，想到了燕赵的"多慷慨悲歌之士"；作为历史器皿和时间剧场，它适于上演飞沙走石、铁马冰河、刀光剑影，适于排练政治、史诗、烽火、苦难和牺牲……

　　一个北方男子的身心，是很容易被江南俘获的。被它关于人生和爱情的种种许愿与记载，被它盛大的烟雨、清幽的莲雾和香艳的传说。

在北方，你会渴望南方的雨和阔叶。

在南方，你会怀念北方的雪和深秋。

——题记

北方，北方

我对走夜路的记忆很深，尤其长途。

1992 年夏，大学毕业的次年，单位组织去北戴河。

暮色中，大客车沉重地发动了。从鲁西南向东，向北，车灯像雪白的刺刀，一头扎进华北平原的苍茫里。一路上，我偎着末排车窗，将玻璃拉开一条缝，让风扑打着脸。

夜色迷离，脑海里飞舞着群蝗般的念头：政治的、文学的、电影的、古今的、现实与虚构……似乎并非在旅行，倒像是一个化了装的逃亡者，一个隐私超重或携带违禁理想的人，一个穿越历史江湖的游侠，一个投奔信仰或爱情的左翼青年……

渐渐，鼾声四起，整辆车成了我一个人的马匹，脱缰的感觉，千里走单骑的感觉，浩荡而幸福。伴着满天繁星，我看见了蝌蚪般的村庄，看见了泰山，看见了黄河，夜色中，它们恢复了古老的威仪……看见了灯火未凉的京津城郭，影影绰绰，像遥远的宫阙，像刚经历了一场辉煌或浩劫。再向东，向北，我看见了山海关和玄铁般的山体，它像牢房，关押着狼嗥声、剑戟声、喊杀声……黎明时，我闻见了礁石的气息，海带的腥味，我听见了巨大水体的澎湃声，那播放了几十万年的老唱片。

兴奋，睡不着，都因为太青春了。

青春，内心有汹涌和迷幻，血液里埋着可燃物。

那是我第一次去看海，第一次醒着穿越那么完整的夜，第一次把陆地走到了消失为止。

这样的经历未再有，但它常帮我忆起一些涉夜的细节，比如：儿时滂沱雨夜里的钟摆声、丁香花开和窗台上的猫叫；《夜行驿车》中安徒生那火柴般倏然明灭的恋情；托尔斯泰午夜出走的马车和弥留小站；我的师友、作家刘烨园曾用过的网名"夜驿车"……

我生活中重要的人和事，皆是在深夜入场的。

十年后，给央视《社会记录》做策划时，我说：一档深夜节目，它要有深夜气质和深夜属性，你要知道此刻哪些人醒着，他们是谁？为什么？

你要重视深夜和你发生联系的人，那是灵魂纷纷出动之际，那是一天中生命最诚实、最接近真相之时。

那场千里夜行，还奠定了我对"北方"整体的精神印象：无论于地理或人文，它都让我想到了"辽阔""严酷""苍凉""豪迈""忧愤""决绝"这些词，想到了朔风凛冽中的苏武牧羊、昭君出塞，想到了燕赵的"多慷慨悲歌之士"；作为历史器皿和时间剧场，它适于上演飞沙走石、铁马冰河、刀光剑影，适于排练政治、史诗、烽火、苦难和牺牲；较之南方的橙色和诗意，它是灰色和理性的，有着天然的冷调气质和悲剧氛围。就像五岳之首的泰山，少灵秀，但巍巍然、磐重巨制，方位、形貌、质地、褶皱，尽显"王者""社稷"之象，是权力录取了它。

北方，北方。

随着年龄，我越来越确信，自己血脉里住着它的基因。我性格成分中的忧郁、激烈、锋芒、刚性、爆发力……都源于它。是它，在意志、秉性上给了我某种冷峻、坚硬、深沉和笔直的东西，尤其对家国、信仰、英雄、正义等高大事物的热忱。

我向日葵般飘扬的青春，我野狼般呼啸的青春，我麦芒般嘹亮的青春，我裹在立领大衣里桀骜不驯的青春，是北方给的。我的良知，我的血性，是北方的疾风唤醒的。

我是它的孩子，我是它的人。

南方，南方

在西双版纳，听当地人说过一句：这块土地，杵下一根拐杖都能发芽。

何等恣肆、何等繁华的生长啊，我这个北方人羡妒不已。

我想起故土乡壤的贫薄，想起了它在"生长"上的严苛和吝啬，想起了它历史上的荒年，想起那些把树叶树皮都啃光了还难逃一死的命运。"温饱""饥馑""果腹"，这类于北方极为严肃和真切的词，在这儿，显得遥远而陌生。

精神基因上，我是典型的北方人，但在感官、本能和生长习性上，我的需求更像一株简单的植物，我不喜北方的气候和水土，不喜它的极端环境和偏激事物。就像我对权力和政治之弊的态度，那是一种人质式的亲密，关心它是因为它骑在你头上。在北方久了，地理和物质上的冷硬、干涸、粗粝、阴霾，会投射进一个人的心里，生成焦灼、皲裂、愤懑和荒凉。终于，我暗恋起了温润、和煦、荡漾、明澈……其实，无论生理或灵魂，我都隐隐渴望"南方"的降临，我需要她来补救，需要她的风情，她的软语，她的甜糯和芬芳，她的诗意和雅致。

我需要很多很多的水和花。

我甚至觉得，一个时代、一个社会的进步，就是从"北方"特征分娩出更多的"南方"特征来：从暴烈走向平和，从躁急走向舒缓，从严苛走向宽容，从斗争走向财富，从权威走向庶民，从广场走向庭院，从繁重走向闲暇，从诅咒走向赞美，从顽石走向花卉。

历史上看，文人的爱情和幸福时光大多在江南；北方滞留的，往往是文人的凄苦、沉疴和荒冢。其究竟，南方除了居庙堂之远、权力松弛外，更与大自然性情、市井生活的细腻和熨帖有关。无论皮肉之苦或灵魂之疾，江南水土都有颐养和治愈的功能。

南北民间，文化性情不同，生命注意力也有别。同事讲一趣事，某时政节目主持人去广东，一下飞机便急急掏出墨镜来，朋友调侃，说不必，这儿乡亲不认得咱们，果然，全程无扰。

南方，是聚精会神、埋头生活的地方。它支持一个人只关心生活自身和日常内部。

近年，南行的次数越来越多。

愈发喜欢看莺飞草长、月笼烟雨，看高涨的如欢呼般的莲叶，看富饶的阳光、被照亮的事物及其纹理；喜欢临一大面湖水，看波光浩渺、菖蒲丰茂，心里即有飞鸟的喜悦；喜欢那加了糖的空气，香樟、桂花、栀子、茉莉，那份免费蜜饯给人以幸福感，让你唇齿生津，让你觉得世间一切悲苦皆可忍受；喜欢走着走着，路旁突然斜出鲜艳陌生的花果来，看它们野性十足、情欲昂然的样子，你会感喟"万物生长"一词；喜欢于山顶或缆车上，俯瞰郁郁葱葱、蓬蓬勃勃的密林，感受那生命力的原始、澎湃和不朽……

无疑，梅林、园圃、茶竹、芭蕉、琴榭、井泉、轩窗……这些生活之词和舒适想法占据了我。

一个北方男子的身心，是很容易被江南俘获的。被它关于人生和爱情的种种许愿与记载，被它盛大的烟雨、清幽的莲雾和香艳的传说。

2019 年 7 月

两千年前的闪击

提 要

再没什么犹豫和留恋的了吗？

比如青春，比如江湖，比如故乡桃花和罗帐粉黛……

你摇摇头。你认准了那个比命更大的东西。

人，一生只能干一件事。

从易水河到咸阳宫，每一尺都写满了乡愁和永诀。那种无人能代、横空出世的孤独，那种"我不去，谁去"的豪迈。

去西安的路上，突然想起了他。

两千年前那位著名的剑客。

他还有一个身份：死士。

漉漉雨雪，秦世恍兮。

眺望函谷关外漫漶的黄土，我竭力去模拟他当时该有的心情，结果除了彻骨的凉意和渐离渐远的筑声，什么也没有……

他是死士。他的生命就是去死。

活着的人根本不配与之交谊。

咸阳宫的大殿，是你的刑场。而你成名的地方，远在易水河畔。

我最深爱的，是你上路时的情景。

那一天，"荆轲"——这个青铜般的名字，作为一枚一去不返的箭镞镇定地迈上弓弦。白幡猎猎，千马齐喑，谁都清楚这意味着什么，朔风中那屏息待发的剑匣已紧固到结冰的程度，还有那淡淡的血腥味儿……连易水河畔的瞎子也预感到了结局。

你信心十足。可这是对死亡的信心，对诺言和友谊的信心。无人敢怀疑，连太子丹——这个只重胜负的家伙也不敢怀疑分毫。

你只希望早一点离去。

再没什么犹豫和留恋的了吗？

比如青春，比如江湖，比如故乡桃花和罗帐粉黛……

你摇摇头。你认准了那个比命更大的东西：义。人，一生只能干一件事。

士为知己者死。死士的含义就是死，这远比做一名剑客更重要。干了这杯吧！为了那记沉重的托付，为了那群随你前仆后继、纵歌昂饮的兄弟。樊於期、田光先生、高渐离……

太子丹不配"知己"的称号，他是政客，早晚死在谁手里都一样。这是一个怕死的人，怕死的人也是濒死的人。

濒死者却不一定怕死。

好吧，就让我——做给你们看！

你峭拔的嘴唇浮出一丝苍白的笑。

这不易察觉的笑突然幻化出惊心动魄的美，比任何女子的笑都要美，都要清澈和高贵——它足以招来世间所有的爱情，包括男人的爱情。

风萧萧兮易水寒，壮士一去兮不复还。

高渐离的筑歌是你一生最大的安慰。

他只唱给你一个人听，其他人全是聋子。筑声里埋藏着你们的秘密，只有死士才敢问津的秘密。

遗嘱和友谊，这一刻他全部给了你。如果你折败，他将成为第一个用音乐去换死的人。

你怜然一笑，谢谢你，好兄弟，记住我们的相约！我在九泉下候你……

是时候了。是誓言启动的时候了。

你握紧剑柄，手掌结满霜花。

夕阳西下，缟绫飞卷，你修长的身影像一脉苇叶在风中远去……

朝那个预先埋伏好的结局逼近。

黄土、皑雪、白草……

从易水河到咸阳宫，每一尺都写满了乡愁和永诀。那种无人能代、横空出世的孤独，那种“我不去，谁去”的豪迈。

是啊，还有谁比你的剑更快？

你是一条比蛇信还疾的闪电。

闪电正一步步逼近云团，逼近暗影里硕大的首级。

一声尖啸。一记撕帛裂空的凄厉。接着便是身躯重重仆地的沉闷。

那是怎样漆黑的时刻，漆黑中的你什么也看不见了……

死士。他的荣誉就是死。

没有不死的死士。

除了死亡，还有千年的思念和仰望。

那剑已变成一柄人格的尺子，喋血只会使青铜添一份英雄的光镍。

一个凭失败而成功的人，你是头一位。

一个因倒下而伟岸的人，你是第一名。

你让"荆轲"这两个普通的汉字，成了一块千古祭奠的美学碑名。

成了乱世之夜里最亮最傲的一颗星。

那天，西安城飘起了雪，站在荒无一人的城梁上，我寂寞地走了几公里。

我寂寞地想，两千年前的那一天，是否也这样飘着雪？那个叫荆轲的青年也从这个方向进了城？

想起了一句诗："我将穿越，但永远无法抵达。"

荆轲终没能抵达。

而我，和你们一样——

也永远到不了咸阳。

1995 年 11 月

雪白

提　要

　　雪，雪花膏的雪，女孩子的雪。

　　要知道，当时穷人的女儿是买不起雪花膏的，美丽的如诉如泣的雪花膏。

1

叫人感念和思痛的东西愈来愈多了，比如雪。

在我印象里，雪是世界上最辽阔最庄严、最有诗意和神性的覆盖。它使我隐约想到了"圣诞、人类、福祉、博爱"这些宗教意味很浓的词。

那神秘无垠的洁白，包容一切的寂静，纯银般安谧、祥和的光芒，浑然天地、梦幻绝尘的空灵与澄明……

拿什么更美的形容它呢？它已被拿去形容世间最美的意境了。

童年时，我心里涨满了雪。比大地上的棉花还要多。那时候，大地依然贫穷，贫穷的孩子常常想：要是地里的雪变成棉花该多好呵……如今，我们身上有的是厚厚的棉了，而大地，却失去了那相濡以沫的白。

那时候，一个冬季总有好几场惊心动魄的雪。不舍昼夜地下，天凛地冽，银装素裹，夜白得耀眼，像火把节，像过年，很令人鼓舞。初中语文里有篇《夜走灵官峡》，开头即"纷纷扬扬的大雪又下了一整夜……"。

那盛大的雪况，现在忆起来很有些隐隐动容和"俱往矣"的悲壮。不知今天的孩子会不会问：真有那么多雪吗？

是的，雪不仅多，且美得痛心。

记得小学班里有个家境很穷的女生，又瘦又黑，像棵细细的老也长不大的豆芽儿。一次作文课，她竟然把雪比喻成了"雪花膏"，她说："那天夜里，我看见天上飘起了雪花膏……"她念的时候同学全笑了，老师也哧哧笑了，说她是异想天开，接着，老师又给大伙讲"异想天开"是什么意思，我就是从此学得这成语的。老师讲"异想天开"时女生趴在水泥桌上（当时课桌是水泥板搭的）呜呜哭了……不久，她因家贫辍了学。

许多年后，一个偶然使我记起了这件事，我发现那个"雪花膏"的说法多么生动而富有诗意啊！

雪，雪花膏的雪，女孩子的雪。

在我见过的比喻中，这是最珍贵的一个，也是最难忘的一个。

要知道，当时穷人的女儿是买不起雪花膏的，美丽的如诉如泣的雪花膏。

2

不知从何时起，有个声音问：我们的雪呢？

从前的梦想，有的很快就兑现了，比如棉花，比如雪花膏和课桌……一些虽遥遥无期，但我们不苟求，慢慢来，会有的，没有的都会有的……

是的，我们相信，时间已悄悄印证了这点。但另一个事实是：我们曾经有过的，现在却没有了。

比如雪。我们有了无数的雪花膏，比雪花膏还雪花膏的雪花膏，可我们的雪呢？那"千树万树梨花开"的雪呢？

偶尔碰上一回，可那是怎样的情景啊——

稀稀落落粉针或末状的碎屑，仿佛老人凋谢的白须，给风一击，给地面轻轻一震，即消殒了。

这哪里是雪？分明是雪的骸，死去的雪。

衰败的迹象即这时显露的。我留意到了冬日的憔悴，大地的烦躁，空气的郁闷，没有冰的河床，树的稀寥和鸟的惊恐……眯起眼，我认出菜叶上的污斑，阳光中的尘埃和可疑的飞来飞去的阴影……

从前不是这样子的。

纯洁简朴的东西愈来愈少。人类创造着一切也破坏着一切，许多古老的本色和经典秩序被打碎了、颠覆了，包括季节、山河、生态、习俗、规则、操守……我们狂妄地征伐却失去了判断，拼命地持有又背叛着初衷，我们消灭了贫穷还消灭了什么？

这个粗暴的掘金年代，抒情的方式正在消失，只有物的欲望，欲望。

我感到了不安，感到了冬天背后那双忧郁的眼，那些威胁它的危险……我开始了怀念，怀念那些流逝和几要流逝的东西，比如童年、雪、源头，比如村庄、流水、棉布、炊烟……

1996 年 12 月

列车上的瓢虫

提　要

它小小的体温抚摸了我，将我湮没。

它是一簇光焰，一颗童话里的糖，一粒诗歌记忆中失踪的字母……

一粒火似的瓢虫，当欲去拉窗的时候，踩着了我的视线。

　　显然，是刚从临时停车的小站上来的。此刻，它仿佛睡着了，像一柄收拢的红油纸伞，古老、年轻、神采奕奕，与人类不相干的样子。

　　从其身上飘来一股草叶、露珠和泥土的清爽，一股神秘而濒临灭绝的农业气息……顿时，肺里像掉进了一丸薄荷，涟漪般溶化，弥漫开来……

　　它小小的体温抚摸了我，将我湮没。

　　是什么样的诱惑，使之如此安然地伏在这儿，在冰凉的铁窗槽沟里？

　　它是一簇光焰，一颗童话里的糖，一粒诗歌记忆中失踪的字母……和我烂熟的现实生活无关。

　　背驮七盏星子。不多不少。为什么是"七"？这本身就是一件极神秘的事。幼小往往与神性、博大有关。

我肃然起敬，不忍心去惊扰它。它有尊严，任何生命都有尊严。

它更值得羡慕——

像一个小小的纯净的王国，花园一样甜，草叶一样清洁，少女一样安静，儿童一样聪慧和富有美德……

它能飞翔，乘着风，乘着自己的生命飞来飞去。而人只能乘坐工具——且"越来越变成自己工具的工具了"（梭罗）。它不求助什么，更不勒索和欺压自己的同胞，仅凭天赋及本色生存。

它自由，因为不背负任何包袱，生命乃其唯一的行李。它快活，因为没有复杂心计，对事物不含敌意，它的要求极简单——有风、日月和草木就行。从躯体到灵魂，它比我们每个人都轻盈、灿烂而自足。

它一定来自某个非常遥远的地方，那儿寄存着古老的传说，生长着健康、朴素和明亮的元素……

在心里，我向其鞠躬。我感激这只不知从哪儿来的精灵，它的降临，使炎燥的旅夜变得温润、清凉起来。

邻座一脸诧异，顺着我的视线去搜索，啥也没发现。

长时间的激动，它终于让我累了。

闭上眼睛，我希望等自己醒来时——

它已像梦一样破窗飞走。

我将记住那个梦，记住它振翅时那个欢愉的瞬间。

1996 年 10 月

一条狗的事业

提　要

　　狗之仰望，会让一个乞丐成为富翁，让一个流浪汉成为国王。

　　若你身陷绝地，仍不觉孤单，那是因为，你有一条狗。

　　若你家徒四壁，仍不觉惨淡，那是因为，你有一条狗。

　　若你膝下无嗣，仍不觉苍凉，那是因为，你有一条狗。

1

日本"3·11"大地震中，福岛老人大江五郎痛失爱犬，紧急逃生时，未及带上它。老人愧疚不已，两度冒险返寻，未果。八个月后，灾民还乡，远远地，老人惊呆了，自家的报废车旁，有个影子静静趴着，是它！虽瘦弱不堪，没有力气跑向主人，但它活着！它守着家的废墟。

东京涩谷车站，有座犬的铜像。1924年，一条叫八公的犬随主人迁居东京，每个晨昏，它都在这座车站送迎主人。某天，主人未归，他上班时猝发心脏病，去世了。此后九年，该犬每天准时蹲候于此，风雨无阻，直至终老。1987年，诞生了一部电影，《忠犬八公的故事》。

这些伟大举止，只是一条狗的平静事业。

狗的特质在于：忠诚。它需要主人，更需要家人。

一条狗，天生即有归属感，它直奔人而来，它是来投亲的。

它以儿童身份，闯入人的亲情体系，成为一名四条腿的家庭成员，成为一个没有血缘的孩子。

狗黏人，其一辈子的嬉戏跳跃，皆以主人膝膝为圆心，以主人的唤声为半径。人类从狗身上获得的，正是父母在儿童身上获得的。

儿童会长大，会叛逆，会用复杂覆盖简单、以成熟替换纯真，狗却不，它是永远的蒙童。其心智稳定，不求深奥、不改初始，你见过一只狗用智力欺负另一只狗吗？即便冲突，也仅在体力上进行，这正是儿童特征。

人不仅做家长，更是狗之偶像。一个主人，无论社会角色多卑微、多潦倒，在狗看来，都是伟岸的，犹若神明。狗之仰望，会让一个乞丐成为富翁，让一个流浪汉成为国王。

此等崇拜，不单是食物的贿赂，更与狗的基因和秉性有关，与狗的世界观有关。执着、专注、天真、依恋、耳鬓厮磨、情大于智，狗身上最迷人的东西，也是儿童的品质。

每条狗，都渴望有一双手抚摸它的头，它用摇尾和皮毛的温度以回赠。

唐人潘图有诗，形容落魄之人的还乡："归来无所利，骨肉亦不喜。黄犬却有情，当门卧摇尾。"

有幅照片，拍的是纽约街头一男人和一条狗：理查森，1984年起连续投资失败，2007年破产，妻子离弃，亲朋远之，唯有一条叫JOOY的狗寸步不离，陪之流浪。从JOOY恬静的睡姿中，可见它对主人的信任和对现状的满足。

这样的忠诚，大概唯影子可比。

精神上，或许每个人都需要一条狗，以弥补同类之间缺失或断裂的那种关系。

2

苏格兰爱丁堡，一位病重的老人请流浪犬巴比吃了顿饭，老人去世，送葬队伍前往墓地，巴比一路紧随，驱之，无效。此后十四载，除去觅食，巴比一直蹲守墓旁。为纪念，当地人在广场立了座巴比像。

日本有家养老院，专门收留退休后的导盲犬，每只犬去世后，都有一块小小墓碑，它服务过的盲人或亲属常来扫墓，带来鲜花和它喜欢的玩具。

这些故事的启示是——

仅靠同胞之间产生的情感，在类型、成分、配方和营养上，也许是不够的。人与动物往来的价值即于此，尤其性灵动物，人在其身上的投入和彼此交换的内容，定会反哺自己，使人更加丰富而完整，从而更加像"人"，此即宠物的诞生原理和美学意义。人在宠它中体验被爱，在被需要中发现自我需要，在被倚重中学习自我器重。

但双方并不完全对等。动物美德，会毫无保留地赠予人类；人之美德，只是部分地、有条件地对异类开放。

2008年5月12日午间，四川省北川县，一只叫小花的狗忽然狂吠，拼命叼人衣角，众人惊惧，随之离屋，少顷，地动山摇，屋舍成墟。地震一周后，为防疫，政府颁布灭狗令，小花被锤杀，毫无避拒。

狗从不怀疑主人的召唤，任何时候，都会径直奔来。

人类陶醉于这份信任，而自己常常背叛它。

重庆的西南政法大学校区，有只整日徘徊、神情凄然的狗。附近店主说，它叫大黄，主人是个大学生，两年前毕业时抛下了它。从前，主人常带它在附近玩耍，这曾是一只快乐的狗。

它不知发生了什么，只嗅得这条路的意义，它滞留在往事里。

那天，我在微博上说："这是一条狗的《寻人启事》。可怜的孩子，这么早就开始回忆了……"

一个辜负了动物信任的人，很容易辜负他的同类，撕毁人间契约。

3

我曾多次被问：何以反对吃狗肉？何以鸡吃得，狗却不行？

我问：你会围剿一只老鼠，但你会侵害一只"米老鼠"吗？你会面无表情地宰一只鸭子，而当一只"唐老鸭"跑过来，你下得去手吗？

是"熟人"的身份阻止了你。

这份难度和阻力，就叫文明。此即动物眷属的含义。

不忍，不愿，不敢。

因为它的社会性身份，因为它已被人格化了，因为你爱这个童话精灵。

它们是老鼠、鸭子，却是另一个语境里的老鼠和鸭子。

于是全变了。

狗也一样。它离人太近，太贴身，每只狗都被主人赋予了唯一性，都奖赏了一个随时让其竖起耳朵的昵称，在生活角色、情感地位和彼此给予上，它已登录亲属名单了。

狗不再是洪荒时代的狗，人也不再是住洞穴的人。

世上有一种权利，只有当它普遍被弃用时，我们才深切感到：人，配得上更多的授权。

吃狗肉，即这样的权利。

4

米兰·昆德拉说："狗是我们与天堂的联结。在美丽的黄昏，和狗儿并肩坐在河边，犹如重回伊甸园。"

这不禁让我想起了陶渊明的桃源之乐："暧暧远人村，依依墟里烟。狗吠深巷中，鸡鸣桑树颠。"

狗，是一种幸福的意象，它象征着人烟、故里、守望、伙伴、往事、天伦、安居乐业……再看看中国古诗词里的它吧——

"茅屋深藏人不见，数声鸡犬夕阳中。"

"柴门闻犬吠，风雪夜归人。"

"旧犬喜我归，低徊入衣裾。"

"此行无弟子，白犬自相随。"

"老夫聊发少年狂，左牵黄，右擎苍……"

天地之间，人和狗相认，是何等缘分！

上苍造人，接着造的，一定是狗。

人在荒野里捡到了它，带回家，取个男娃或女娃的名……它回报主人的，是一生的童年和相濡以沫。

若你身陷绝地，仍不觉孤单，那是因为，你有一条狗。

若你家徒四壁，仍不觉惨淡，那是因为，你有一条狗。

若你膝下无嗣，仍不觉苍凉，那是因为，你有一条狗。

2012 年 12 月

理性骨骼

决不向一个提裤子的人开枪

提　要

　　一个人，当他提着裤子时，其杀人的职业色彩已完全褪去了，他从军事符号——一枚供射击的靶子，还原成了普普通通的血肉之躯，一个生理意义的人，一个正在生活的人。

　　这是生命之于战争的一次挑战，也是"人"对"战士"的补充。
　　它在你死我活的战场上发现了"人"，并给予对方以"人"的待遇。
　　它在捍卫武器纯洁性的同时，更维护了人道的尊严和力量。

1936 年，英国作家奥威尔与新婚妻子一道，志愿赴西班牙参加反法西斯的战斗，并被子弹射伤了喉咙。在《西班牙战争回顾》中，他讲述了一件事——

　　一天清晨，他到前沿阵地打狙击，好不容易准星里才闯进一个目标：一个光膀子、提着裤子的敌兵，正在不远处小解……真乃天赐良机，且十拿九稳。但奥威尔犹豫了，他的手指凝固在扳机上，直到那个冒失鬼走远……他的理由是："一个提着裤子的人已不能算法西斯分子，他显然是个和你一样的人，你不想开枪打死他。"

　　一个人，当他提着裤子时，其杀人的职业色彩已完全褪去了，他从军事符号——一枚供射击的靶子，还原成了普普通通的血肉之躯，一个生理意义的人，一个正在生活的人。

　　多么幸运的家伙！他得救了，还蒙在鼓里。因为他碰上了"人"，一个真正的人，而不仅仅是一个军人、一个只知服从命令的杀手。那一刻，奥威尔执行的是自己的命令——来自"人"的指令。

这是一个生命对待另一个生命的态度。

换了别的狙击手，他的裤子恐怕就永远提不上了。倘若两人互换一下位置，他或许毫不迟疑地搂动扳机，发出一声"见鬼去吧"的冷笑。

战争，最直接的方式与后果皆为杀人，每个踏上战场的人都怀揣清醒的杀人意识，他是这样被定义的：既是射击者，又是供射击的靶子。而"英雄"与否，即在于杀人成绩的大小。在军事观察员眼里，奥威尔的"犹豫"，无疑是一次不轨、一起渎职，按战争逻辑，它是不合格的，甚至非法的，要遭惩处。但于人性和心灵而言，那"犹豫"却如此伟大和珍贵！作为一桩精神事件，它应该被记入史册。

这样说一点也不过分。

假如有一天人类不再遭遇战争和杀戮，你会发现，那值得感激的——最早制止它的力量，即源于这样一些细节：比如，决不向一个提着裤子的人开枪！

这是生命之于战争的一次挑战，也是"人"对"战士"的补充。

它在你死我活的战场上发现了"人"，并给予对方以"人"

的待遇。

它在捍卫武器纯洁性的同时，更维护了人道的尊严和力量。

斗争、牺牲、血债、复仇、消灭……

如果只有仇恨而没有悲悯，只有决绝而没有犹豫，你能说今天的受害者明天不会变成施虐者？英勇的战士不会变成残暴的凶手？

你隐约想起了一些很少被怀疑的话："对敌人的仁慈就是对人民的残忍""对待敌人要像秋风扫落叶一般冷酷无情""军人以绝对服从命令为天职"……

你感到了一股冷。

政治的冷，刀锋的冷，地狱的冷。

而不合时宜的奥威尔，却提供了一种温暖，像冬天里的童话。

2002 年

文明的守夜人

提　要

他们身上，有着一种日常的优雅和高尚，有着一种和平与爱的气质，任何时代和境遇下，都将作为美和文明的守夜人。

德国科隆有座著名的地标：莱茵河畔的中世纪天主大教堂。

这座哥特式建筑的完美典范，耗时六百年建成，集恢宏与细腻于一身，其高耸入云的巍峨和神圣感，堪称上帝之手的精美工艺，吸引着全世界的朝圣者。教堂广场上有一面"和平墙"，每个游客都会在此久久驻足，它由一张张照片连缀而成，最大的一幅是1945年"二战"结束时拍摄的：镜头从高处鸟瞰空袭后的科隆，细心者会发现，尽管城市一片废墟，9成建筑沦为瓦砾，唯有大教堂孑然一身，安然无恙。

其实大轰炸期间，科隆人就发现了异常，明明是本城最惹眼的靶子，按说该沦为最早的牺牲品，可它一次次逢凶化吉。有人猜这是盟军故意留下的城标，以便飞行时确认方位，有人说这是上帝的佑护……

后来，真相大白，"上帝"不是别人，而一位美国空军指挥官——

此君战前曾获德国洪堡奖学金，在科隆和亚琛做研究工作，他非常热爱科隆大教堂，闲暇时常流连于此……战争爆发后，他入伍并成了一名飞行员，当领受空袭科隆城的任务后，他对手下附加了一份私人命令：投弹时尽一切可能避开大教堂。

有了这份"私人命令"，方诞生了上述奇迹。

这是战争中的诗意，这是艺术和文明的福祉，这是生活对上帝的答谢。

否则，我们今天看到的绝非钟声嘹亮的大教堂，而是如圆明园般的荒冢野墟了。可惜，世上无数文化宝藏却无此幸运：埃及的亚历山大城，以藏书浩瀚闻名于世，公元前48年，罗马人破城后的第一件事，即是焚书；公元555年1月10日，中国梁朝都城被西魏大军围困，梁元帝下令将14万卷典籍全部焚毁；20世纪中国文化浩劫对古迹的涂炭，更是罄竹难书，连曲阜孔墓都在劫难逃……

一切取决于人，人的素质，人的认知和修养。

辛格《费马大定理》书中讲述了一件事——

1806年，拿破仑大军横扫欧洲，在攻陷普鲁士邦后，一名前线军官发出一道指令：保护好数学家高斯教授，任何人不得侵扰。

高斯："请问为什么对我这样优待？"

军官："我是受朋友的托付，万不能再重酿罗马士兵杀死阿基米德的悲剧。她是和您进行数学通信的一位女士，热尔曼小姐。"

高斯惊愕不解，在法国，确有一个陌生人和自己交流学术，但对方署名"勒布朗先生"啊。

后来，谜底揭开：索菲·热尔曼小姐，巴黎人，童年时读到一本叫《数学的历史》的书，其中讲到，阿基米德被破城而入的罗马长矛杀死时，还埋头在沙地上画几何图，甚至说："请等一等，让我把这道题解完"……故事极大地刺激了热尔曼，从此，她对数学着了迷。长大后，由于当时法国高校拒收女生，她便化名"勒布朗先生"进入一所学院，与高斯通信时，仍用这个名字。

后来，热尔曼参与了"费马大定理"的论证，成为著名的数学和物理学家，获法国科学院金奖。

这样的"数学花木兰"，确是法兰西科学园里一朵迷人的玫瑰。而她对朋友的那份恳请，更为人类文明史添置了温暖的一页。

这是一颗大脑对另一颗大脑最深沉的关切和问候。

和科隆大教堂的保护者一样，他们身上，有着一种日常的优雅和高尚，有着一种和平与爱的气质，任何时代和境遇下，都将作为美和文明的守夜人。

连同他们自身及人生，也是文明的一部分。

有时，我不禁感喟：和这样的人并立于同一场星光下，携手穿越一个共同的寒夜……即使再严酷，即使被政治和战争刺得千孔百疮，你也会想，这是可以忍受的，值得忍受的。

你很想走过去，对她，对他们，说声谢谢。

2001 年

"坐着"的雕像

提　要

　　有尊严地活着，这多么可敬，多么不易。有时，连捍卫身体的支配权都需付出代价，比如被勒令"举手""鼓掌"时的无动于衷，被勒令下跪时的"站着"，或像帕克斯那样被责令起立时的"端坐"……

1

1999 年 6 月 15 日，美国国会的圆形议厅里掌声雷动，克林顿总统将一枚金质奖章授予一位黑人老妇：86 岁的罗莎·帕克斯，感谢她以公民身份对国家人权事业所做的贡献。在参议院提名中，她被誉为"美国自由精神的活典范"。

事情应追溯到 44 年前，她在亚拉巴马州的遭遇——

1955 年 12 月 1 日傍晚，蒙格马利市，劳累一天的帕克斯立在寒风中，她疲惫不堪，焦急地盼着回家。车终于来了，是一辆破旧的公共汽车。上车后，帕克斯一点点朝厢尾挪，虽然前面有空位，但肤色决定了那不属于她，按州法规定，在公交车上，黑人只能坐车厢尾部，前排留给白人。幸好，帕克斯很快有了一个座位。

上车的人越来越多，站立者中依稀有白皮肤在晃动……突然，昏昏欲睡的帕克斯被一声呵斥惊醒，车子停下了，驾驶员指着四个黑人，令其站起来，将座位让给白人。帕克斯顿时清醒，知道自己被选中了，看着身边三个同样肤色的人，她失望了，她从同类的眼神里看到了慌乱、惊恐和服从的本能……终于，四人中站起了三个，唯一继续坐着的，是帕克斯。

坐着的人被捕了，转眼又被解雇，罪名是：蔑视本州的种族隔离法。

四天后，蒙格马利市数千黑人拒乘公共汽车，更多的人被老板开除。这时，他们听到了一个悲慨沉雄的声音，年轻的黑人牧师马丁·路德·金告诉同胞："美国民主的伟大之处在于为权利而抗议的权利！"他大声呐喊："人，为什么要自卑？上帝子民的权利为什么有'白''黑'之分？一个伟大的国家怎样才配得上它的伟大……"在这些滚烫的声音炙烤下，全市5万黑人沸腾了，开始咆哮，开始喷发黑色火山下的岩浆。

但金告诫同胞："我们不能容许这具有崭新内容的抗议蜕变为暴力行动！我们要升华到以精神力量对付物质力量的崇高境界中去！"静坐、集会、上诉、长途游行，黑皮肤们没有让怒火生成物质的黑烟，他们以和平方式对公交车进行了三百多天的抵制。次年12月，美国最高法院做出裁决：蒙哥马利市在运输工具上实行种族隔离法，背离了宪法精神，属违宪行为。

由此，一场波澜壮阔的黑人民权运动拉开了序幕。它的第一章节，竟是由一位黑人妇女"拒绝起立"这一身体语言来写就的。

金说："她坐在那儿没有起来，因为压在她身上的是多少日子积累的耻辱和尚未出生的后代的期望。"

帕克斯出狱后，奋然投身于民权运动，为此服务了14年。此间，她多次受到种族主义者的死亡恐吓，多次被迫搬家。

1963年8月，在华盛顿的林肯纪念碑前，20万人见证了这组声音——

"我梦想有一天，这个国家会站立起来，真正实现它信条的真谛：'我们认为这些真理是不言而喻的：人人生来平等！'……我梦想有一天，在佐治亚的红山上，昔日奴隶的儿子将能和昔日奴隶主的儿子坐在一起，共叙兄弟情谊……我梦想有一天，我的四个孩子将在一个不是以他们的肤色、而是以品格优劣来评价他们的国度里生活。"

此即被载入"美国赖以立国文本"的《我有一个梦想》。

作者：马丁·路德·金。

这正是千百万帕克斯们的梦想，正是她当年"坐着"时怀揣的那个梦想。为纪念这一梦想，为缅怀为这一梦想而被子弹染红胸襟的作者（和一个世纪前《黑奴解放宣言》的作者林肯同样命运），从1986年起，美国政府规定，每年1月5日，即其生日这天，为"马丁·路德·金纪念日"，全体公民都要重温这篇演讲词。这是继乔治·华盛顿后，第二个获此荣誉的人。

2

认真地生活，有尊严地活着，这多么可敬，多么不易。有时，连捍卫身体的支配权都需付出代价，比如被勒令"举手""鞠躬""鼓掌"时的无动于衷，比如被勒令下跪时的"站着"，或像帕克斯那样被呵斥起立时的"端坐"……

一个柔弱的妇女，她安静而凛然地坐着，如一尊塑像，坐在上帝赋予的位置上。这个再日常不过的姿态，那一刻却惊心动魄，它撼动着整个车厢，震颤着一座城市、一个国家的权力建筑和民心广场的地基……乃至40年后，这个国家要用一枚重量级的勋章来答谢它。

那一刻，她清楚自己是对的，但从未想过要做一件多么了不起的事，就像她所说："我上那辆公共汽车不是为了被逮捕，我只是想回家。"

那一刻，威胁和压迫她的，除了白人的盛气凌人和骇人的司法权力，还有那三位同胞的服从，他们的"起立"俨然一种精神围剿，是对那"坐着"的灵魂之最大伤害。这支本应支撑帕克斯的最近的力量，像逃兵一样，溜离了自己的母体。

一个人，做着和人群同样的事并不难，难的是当众人背叛了"共同体"的神圣契约，只剩下一个"个"的时候。

　　那一刻，她孤独而凄凉。

　　我认为，帕克斯有资格获得一尊雕像，一尊普通的"坐着"的雕像。我更相信，她获得的是一份平民奖，而非精英奖。仪式上，帕克斯说："这个奖是鼓励大家继续努力，直到所有人都有平等的权利。"有媒体评论："显然，今天的美国黑人要想真正站起来，同样需要44年前罗莎·帕克斯拒绝站起来的勇气。"

　　她是人群中的"一个"，却代表着族群中最中坚和最有希望的那部分。这样的"个"，在任何时代和国度，都是公民社会和正义事业最牢固的脚手架，是汇成滚滚奔流的那最早的一滴水。

　　若每个人都坚持让自己的声音钻出身体，都以不亢不卑的姿态，在天地间传播自由气息，那生活就有望了。

　　应该说，在弥补过失、自我校正的能力和效率上，美国社会还算优秀的，它给了抗争者以机会和空间，让正义来得还不算太迟。

　　当每一株草都挺直了腰杆，扬起尊严的头颅，那你看到的风景就不再是匍匐的草坪，而是恢宏的草原了。帕克斯即这样一株野草吧。

2000 年

打捞悲剧中的"个"（节选）

提　要

在对悲剧的日常叙事上，除了重大轻小之嗜好，人们总惯于以整体印象代替个体的不幸——以集合的名义遮蔽最真实的生命单位。

由于缺乏对个体遭遇的现场想象，感受悲剧便成了隔靴搔痒的抽象旁观，毫无贴身感和切肤感，大众参与的仅仅是数字游戏，一种以灾难规模判定"新闻价值"的游戏。

久之，对悲剧太多的轻描淡写和迎来送往，便会让心灵麻木，让情感变得粗糙、吝啬，生命之间的道德关系也会被腐蚀。

1

犹太裔汉学家舒衡哲写过一篇文章，《第二次世界大战：在博物馆的光照之外》，他认为，人们常说纳粹杀了六百万犹太人，日军在南京杀了三十万人，实际上以数字和术语的方式把大屠杀给抽象化了。他说："抽象是记忆最疯狂的敌人。它杀死记忆，因为抽象鼓吹拉开距离并且常常赞许淡漠。而我们必须提醒自己牢记的是：大屠杀意味着的不是六百万这个数字，而是一个人，加一个人，再加一个人……只有这样，大屠杀的意义才是可以理解的。"

我们对悲剧的感知方式有问题？

平时看电视、读报纸，地震、海啸、洪水、矿难……当闻知几十乃至更多的同胞罹难，我们常会产生本能的震惊，可细想，这"震惊"未免有些可疑：很大程度上，它只是一种对表面数字的愕然！人的反应更多地投向那些数字，为死亡体积的硕大所撼动，为悲剧的规模所惊骇。它缺乏更具体和清晰的所指，它不指向实体，不指向独立的生命，仅仅指向概念——空洞、模糊、抽象的概念，而最终，也往往是用数学方式来结束这场对灾难的消费。

有次饭桌上，某记者的手机响了，被告知当地突发客车倾覆，"伤亡多少？一个？哦……"其表情渐渐平淡，肌肉松弛下来，继续喝他的酒了。显然，对其新闻神经来说，这小小的"一"不够刺激，亢奋不起来。

多么可怕的算术！对别人的不幸，其身心没有投入，而是冷漠的旁观和麻木的算术。对悲剧的规模和惨烈程度，他隐隐埋伏了一种大额预期，俨然看一出戏，当剧情达不到臆想的尺度，即失落、沮丧。这说明什么？它抖落出了人性中某种阴暗的嗜好，一种捕猎者的贪婪。

重视"大"，藐视"小"，怠慢小人物和小众的安危，许多悲剧不正是该态度浸淫的结果吗？许多桥塌楼倒的案例之所以轰动，之所以被重视，很大程度上，并非它藏匿的祸根之深、腐败之典型，而是作为灾难，其吨位和体量实在太大了，令人发指。若非那么多人遇难，而是一个或几个，那它或许根本没资格被"新闻"录取，也引不来围观、调查和严厉问责。

请不要忘了，在那一朵朵烟圈般被嘴巴拱来拱去的数字背后，却是实实在在的"死"之实体、"死"之真相——

悲剧最真实的承重是远离话语场之喧嚣的，每桩噩耗都以其黑色羽翼覆盖住了一个家庭、一组亲人——他们才是悲剧的承担者，于其而言，这个在世界眼里微不足道的变故，却似晴天霹雳，死亡集合中那小小的"个"，对之却是血脉相连的唯一性实体，意味着绝对和全部。此时，它比世上任何一件事都巨大、都沉重、都要紧，除了压迫得喘不过气的痛苦，除了晕眩和凄怆，再没别的了。因为这个噩耗，他们的生活彻底变了，日常被颠覆，时间被撕碎，未来被改写。

2005 年 1 月 23 日，在阿姆斯特丹的荷兰剧场，近 700 人接力宣读奥斯威辛集中营遇难犹太人名单，10.2 万个名字，历时 5 天。市长科恩说："只有念出每个人的名字，他们才不被遗忘。"

2012 年 4 月 6 日，11541 把红色椅子在萨拉热窝街头排开，仿佛一条鲜血河流，以此纪念波黑战争爆发 20 周年，每一把空椅代表一位死难者。

2010 年 4 月，奥巴马参加西弗吉尼亚州矿难悼念仪式，在一一念出 29 个名字后，他说："尽管我们哀悼这 29 位逝去的生命，我们同样也要纪念这 29 位曾活在世间的生命……我们怎能让他们失望，我们的国家怎能容忍，人们仅仅因为工作就付出生命，难道仅仅因为他们在寻找美国梦吗？"

2012 年 7 月 26 日晚，央视新闻频道，播音员用沉痛缓慢的语调，宣读北京 21 日特大暴雨中已确认的遇难者名单，61 个名字，历时 1 分 35 秒。对央视来说，这是史无前例的灾难播报方式。

他们不再抽象，不再是一个数字，他们有了人间的地址。

这是生命应有的待遇，这是逝者应有的尊严。只有这样，生死才得以相认，我们才能从悲剧中领取到真正的遗嘱。

2

在对悲剧的日常叙事上，除了重大轻小之嗜好，人们总惯于以整体印象代替个体的不幸——以集合的名义遮蔽最真实的生命单位。

由于缺乏对个体遭遇的现场想象，感受悲剧便成了隔靴搔痒的抽象旁观，毫无贴身感和切肤感，大众参与的仅仅是数字游戏，一种以灾难规模判定"新闻价值"的游戏。

这是一种物性的关注，这是待物而非待人的方式。由于数字的抽象，我们只留意了生命集体在轮廓上的变化和损失，却忽略了发生在真实的生命单位——个体——内部的故事和疼痛。

数字仅描述体量，没有细节和温度，它空洞、简陋、轻佻，不支持痛感，唤不起深沉的人道情感和理性反思。悲剧新闻的数字化叙事和打包消费，往往培养一种粗鲁的记忆方式，一种冷漠的看客心理和局外人态度，甚至，它稀释真相、消解悲剧，它弱化严肃、催促遗忘。

久之，对悲剧太多的轻描淡写和迎来送往，便会让心灵麻木，让情感变得粗糙、吝啬，生命之间的道德关系也会被腐蚀。

世界上，没有谁和谁是可随意叠加和整合的，任何生命都唯一、绝对、独立，其尊严、价值、命运都不可替代……那种整体淹没个体的做法，实则是对生命的粗暴和不敬，也是背叛与遗忘的开始。

无论新闻，还是历史和艺术，对灾难的表达，皆须落在个体、现场和细节上，才有血肉和神经，才有痛感与震撼，悲剧的道德力量和人性深度才得以展现。

一百年前的"泰坦尼克号"海难，之所以惊心动魄，是因为两部电影的诞生：《冰海沉船》和《泰坦尼克》。借助银幕，大家触摸到了那些长眠于海底的"个"，从集体遗容中捞起了一张张鲜活的面孔：情侣、船长、乐师、神父、医生、富翁和下人、母亲和婴儿，圆舞曲、美国梦、救生艇……大家找到了和自己一样的人生、一样的青春、一样的欲望、一样的狭私与高尚……

如此，"泰坦尼克"不再是一座抽象的遥远时空里的陵墓，悲剧不再是新闻简报，不再是集体死亡档案，而成了一部关于生活和梦想的远航故事，每一张船票都有了主人，有了各自的沉浮和令人唏嘘的命运。

如此，"泰坦尼克"的悲剧才有了价值，才有了真正的记忆。

在美国华盛顿特区，有一座"大屠杀遇难者纪念馆"，其设计师之一的弗里德即当年被纳粹迫害的犹太人。一方面，它在建筑空间和结构上突出现场感和沉浸感，以唤醒参观者的历史记忆，正如媒体评论，"它传达了被赶进如同运输牲畜一般的车厢里的人们疏离、恐惧、幽闭的惊悚，以及在漫长的跋涉之后，处在营地门口迷失方向的选择过程。"另一方面，它在展览设计和陈列上凸显"个体"的意义，它拒绝用抽象数字来控诉，而是搜集了大量遇难者的遗物和生命线索：日记、照片、证件、衣服、日用品、音像资料……"进入一楼的电梯，每个游客都会获得一张身份识别卡，卡上记录着任意一位受害者或幸存者的故事"，如果你对某一个名字感兴趣（比如一个和自己面容酷似或生日相同的人），便可启动某个程序，进入到对方的故事中去，与其一道重返半个世纪前那些晴朗或黑暗的日子，体验欢笑与安宁、恐怖与绝望……如此，你便完成了一场对他人的生命访问，一次灵魂之旅。还有一个为青少年特设的展区，叫"记住孩子：丹尼尔的故事"，专门讲述大屠杀期间儿童们的经历。

当走出纪念馆，一度被劫走的阳光重新返回你身上，血液中升起了久违的暖意，你会由衷地感激当下。啊，生活又回来了，你活着，活在一个和平的空间里，活在一个远离梦魇的时代……

你会怀念刚分手的那个人，你们曾多么熟悉……

记住了他，也就记住了历史、正义和真理。

与这位逝者的会晤，相信会对你今后的每一天，对你的信仰和精神，发生重大而正直的影响。

这座纪念馆贡献了真正的悲剧。

重视"小"，重视不幸人群中的"个"，严肃对待世上的每一份痛苦，这对我们来说意义深远。它教会我们一种打量生活、对待他者、判断事物的方法和立场，这是我们认知世界的起点，是一个生命对另一生命最正常的态度，也是共同体命运的基本义务和原理。

生命之间，你我之间，很近，很近。

2012 年

对动物权利的声援

注：本文写作的 2012 年，"活熊取胆""拦车救狗""狗肉节""虐猫"等新闻事件持续发酵，成为社会热点，尤其在网络和社交媒体，围绕动物保护话题产生了激烈争议。

提　要

动物福利的最终收益，是人权收益和道德收益。反之亦然，动物的险境，亦是人的险境。

中国古代刑术，不仅名目繁多，且恐怖诡异、令人惊悚，而其灵感和技术，多源于屠宰坊或厨房，源于针对动物肉身的肆意发明和操练。

请记住，人和动物之间存在的所有可能、建立起来的全部关系，迟早都会回到人身上，回到一个人和另一个人之间，回到人际伦理和道德领域。冷漠、贪婪、野蛮、残忍，会回来；温情、怜悯、仁慈、体恤，也会回来。

1

动物保护者常遇这样的讥讽：为何鸡鸭吃得而狗肉吃不得？

我的反应是：沉默。

你无法用对手的逻辑去说服对手。你们是精神上的异族。

不在同一个语境，即不在同一个世界。

后来，一个少年向我提了同样问题，我想，必须试着解释，因为他眼神里含着焦虑。

我先说了桩几千年前的事——

孔子的狗死了，托弟子去掩埋，特意嘱咐："路马死则葬之以帷，狗则葬之以盖……今吾贫无盖，于其封也，与之席，无使其首陷于土也。"大意是：马去世，要用布裹其身，狗下葬，要以车盖罩护，如今我一贫如洗，但请你务必罩一面竹席，以免它的脸被土弄脏。

何以如此庄重待一条狗？

关乎"礼"，关乎"仁"，关乎悲悯和答谢，关乎生存伙伴间的义务。

狗之特殊在于：它和人之间有着牢固的眷属性，它是人的影子动物。

一只狗的生命感受、情感构造、智力活动，和一个天真儿童相仿。正是这种灵性，这种与人的生命密接，让狗摆脱了简单的实物角色和使用价值，使人报之以一种审美与亲情态度。对它的称呼，不再是族类统称，而是奖励了一个小儿昵称，它享有个体地位和情感户籍。

诸如猫狗，是分享人类文明最多的动物，分享越多，承载即越多，而其一旦被侵害，该承载即被侵害，人对之的眷属情感即遭重创。同时，受损的文明，一定会在人类成员内部寻找牺牲品，许多用于动物的虐杀手段，最终变成了人间酷刑，成了人惩罚人的方式。

一欧洲游客，见中国超市出售活鱼，且当场剖膛掏肚，大惊。原来，对方的经验是：大到猪牛，小至鱼兔，多取电击，且彼此隔离，不让动物目睹同伴遭遇，故菜场罕见活物，即便有，也不直接售出，须由店家处理，如此，既防虐杀，又避免了血腥给人造成的不适。我听了很感慨，是啊，血腥场景、生命挣扎，不仅是一场暴力演示，还是一种视觉污染，它锻造你的铁石心肠。

这是文明做出的选择，旨在保护人的心灵环境。

狗的生命地位比人低，法律地位更低，伤害一只狗的代价微乎其微，但它释放出的残忍和冷漠，对文明的侵略、对心灵的报复，却能量巨大。

当然，只有心性敏细者，才能感受并认同这些。一个灵魂结了冰的人，一个达尔文主义者，会搬出无数逻辑宣扬人的特权，替饕餮辩护。

吃或不吃，非真理之争，非智识之辩，乃纯粹的立场选择。就像信仰即愿意信仰，就像一个成年人爱不爱童话，取决于他的精神体质，取决于他有无心灵宗教。

一个人，在日常事务和社会理性上，不妨是坚定的和平主义者或维权斗士，但这往往只在人类界面上有用，换成大自然界面，很可能露出一副纳粹嘴脸。

这种人，思想上有迷人笑容和整洁牙齿，但心灵深处，犬牙交错。

他不咬人，却时刻准备扑向一只和他操不同语种的动物。

2

没有买卖就没有杀害，没有消费即没有虐待。

2012 年 7 月 1 日，美国加州一项法案正式生效，"禁止以迫害动物的方式生产和销售鹅肝食品"，这意味着饕餮客垂涎的"鹅肝酱"将从当地消失。"鹅肝酱"，西餐第一美味，其来路却异常惨烈：以插管给鹅鸭昼夜填食，剥夺活动空间，使之生出超常十倍的肝脏。每碟"鹅肝酱"，都是一部鹅鸭酷刑生涯的缩写。在饲养者眼里，鹅鸭不过是一坨放大镜下的肝脏，没有生命特征，没有主体性，其肉身只是繁殖肝脏的容器，只是肝脏的附件和配套设施。

"鹅肝酱"，它真正的饲养场是人之胃，是人的黑暗欲壑。

人，不是什么事都可以干的。很多时候，欲望自缚，即精神自救。

动物福利的最终收益，是人权收益和道德收益。反之亦然，动物的险境，亦是人的险境。

中国古代刑术，不仅名目繁多，且恐怖诡异、令人惊悚，而其灵感和技术，多源于屠宰坊或厨房，源于针对动物肉身的肆意发明和操练。有道历史名菜，叫"烧鹅掌"，将活鹅置于炙板上，铁笼罩住，鹅掌遇烫，边惨叫边急跳，待其掌胀如团扇时割取，蘸佐料食之。巧得很，古代酷刑中，恰有"炮烙"一项，同出一辙，只是以人代鹅。

请记住，人和动物存在的所有可能、建立起来的全部关系，迟早都会回到人群内部，回到一个人和另一个人之间，回到人际伦理和道德领域，它一点都不浪费。冷漠、狭私、贪婪、野蛮、残忍，会回来；温情、怜悯、仁慈、慷慨、体恤，也会回来。

3

为支持"人"这一物种活得滋润，大自然尤其生物界已倾其所有，牺牲了大部分成员，人类应懂得感恩和节俭。所谓"生存共同体"，并非仅在人与人之间缔结，而应在人类与万物之间展开。一个文明族群，不仅要谋求同胞的尊严和福祉，还应学会体恤、让利于异类生命，否则，人类取得的所有道德成就，都变得鬼鬼祟祟、形迹可疑。

有一类生命，最值得人感恩并心存愧疚："实验动物"。

从解剖学诞生起，它们即用自己廉价的命运改善着人的命运，用无数的非正常死亡延缓着人的死亡。尤其生物医学和药品研发，作为活体试验品，作为人的替身，它们以盾牌的方式承揽了科研所需的各种"后果"。

人类欠它们的，永远还不清。但要努力偿还，哪怕一寸一厘。

一位业界朋友说，国内一些动物实验论文常遭国际期刊拒绝，因为对方要求出具动物福利报告，比如一只白鼠，你要用它做实验，须保证其生活待遇、饲养环境、情绪状态，乃至死亡方式和身后事，都要合乎福利标准。而这些，往往是我们做不到或不屑做的。

20世纪下半叶以来，在许多国家，动物福利已大面积覆盖社会生活，比如影视拍摄，动物演员的安全和劳动强度要保障，若有伤害镜头，须注明是仿真或特效。若你在银幕上看见弱小动物与其天敌猛兽在一起，别误以为真，那并非实景，而是剪辑合成，因为动物有"免于恐惧的权利"。

以人道眼光看待动物，不为别的，因为它也是一条命，也有神经和心跳，也知饥饱冷暖，也有生育、哺乳和母爱……同样的生理逻辑，即有同样的苦乐感知。

弱肉强食，乃丛林定律，但人不仅要生存，还要生活，他过着一种叫"人生"的日子。当欲望变得有条件、有节制、有底线时，文明才显形。

此即住山洞与住屋舍的区别。

4

在价值观上，"环境伦理"是孕育"动物权利"的子宫，它是比人际伦理更大格局的道德成就，也是比环境科学更高层次的理性成就。

它以最辽阔的方式定义了"生存共同体"，重新诠释了"人类责任"，除了科学和实用逻辑，还输入了生命美学、心灵哲学和宗教神义。它不仅计算物质成果，还考虑精神收益。

在"人类中心论"眼里，万物皆役于我，一切乃人类资源和使用价值，重要与否，视用途大小。传统的环保理念，并未跳出该窠臼，依据仍是人本位和自保原则，只不过多了一腔忧患和悲天悯人。"动物权利"，则拆除了这道围墙，其精神起点，并非人的自我牺牲和单向度的善，而在于承认动物的自然权利和物种平等，它的奥秘在于：人类通过行为自律、克制欲望，让精神变得更廉洁，更有尊严和懂得自我器重，进而滋补人与人的关系，从而把人境升至一个新高度。人，是该契约的真正受惠者和被营养体。

借助对另类的态度，以修缮对同胞的态度，这绝非减法和亏损，而是加法，是精神上的进项。若说这是利己，则是伟大的利己和美德上的自我贿赂。

但常会发生这样的事：人被自己的行为犒赏了、反哺了，他却蒙在鼓里，只当自己是个活菩萨，是个甘愿吃亏的慈善家。

利益委屈和自我牺牲情结，往往是道德之暗敌。

有一种人，对世间的贡献即其生活本身。那是一种修士般的、聚精会神、每分钟都在自我完善的生活。他改变不了太多事实，却在精神上提升着"人"的定义和灵魂成就。

诺贝尔和平奖得主史怀哲医生，其美德不仅在于人道主义，还在于将人道主义引向了所有的生命体：

"除非你能拥抱并接纳所有生物，而非只将爱心局限于人类，不然你并不真的有怜悯之心。""伦理不仅与人，也与动物有关。动物和人一样渴求幸福、承受痛苦和畏惧死亡，若我们只是关心人与人的关系，那就不会真正文明起来，重要的是重视人与所有生命的关系。"

他不是斗争意义上的英雄，是和平意义上的英雄，是神明和护士意义上的英雄。

5

一只麻雀被曙光惊醒，向着未来的食物起飞。

一队蚂蚁扛着行李，抢在暴雨之前匆匆搬家。

一个婴儿啼哭的同时，一只雏鹰拱出了蛋壳。

每个生命都有自在的意义和进程，都有它分分秒秒的愿望，都有和人生一样的故事和戏剧性，若我们无视或歧视该意义，否决这些故事的尊严，任意染指它、篡改它，那人类的意义又由谁来指认呢？

若万物意义皆失，只剩人类自己的意义，那这意义无论怎么描绘，都像一桩阴谋和丑闻。

事实上，已没什么别的生灵妨碍人类事务了，唯一对手，即自身欲望。

人类，有些财产是不合天意的，其体重和行李太庞大。

他应重新核对并部分舍让，以削减欲望的臃肿。

在别的生物眼里，人之角色肯定是"敌"，因为他从事了远超普通地球乘客的掠猎，其资源范围远超食物，他洗劫了其他生物的家业，消耗了地球太多库存。可憎的是，人类不仅是敌人，还是恶人，其很多活动是不良的，属于恶性毁坏和糟蹋，甚至动摇了大自然根基。

或许，人类的前途应该是：只当有限的"敌人"，不当"恶人"。

敌人，是生物角色。恶人，是道德角色。

2012 年

小熊的笑声

提　要

童年价值观，是生命衣裳的第一粒纽扣，决定一生的精神走向和心灵格局。若它是端正、优美的，那么，在漫长的岁月里，请像佩戴徽章一样爱惜它，别让它轻易脱落，更别粗鲁地扯下它。

偶遇一则新闻。

芬兰英文通讯社 YLE 报道：小男孩 otso，用了一个暑假在森林里采集浆果，并在祖母的协助下做了四百瓶果汁，卖掉后得200 欧元。事情的起因是，他一年前在动物园见到一只无精打采的小熊，他想，若有一棵可以攀爬的树，说不定它会快乐起来。于是，男孩打定主意，捐一棵树给动物园。

读毕，心里像喝了一瓶果汁，我听见了熊的笑声。

这是一个从安徒生童话里跑出来的孩子，带着树叶的干净，和清晨的氧气。只有童话里，才住着这样的树。

这则故事有三重美：他发现了别人的不快乐；他想帮别人快乐；他用诚实劳动去兑换梦想。

一只熊不高兴，他觉得和自己有关，他觉得此境况应被改变，这只熊的情绪于他很重要……于是他诞生了心愿，诞生了能力和行动。他承揽了一个幼小的义务，其实，这是人类的义务，它由一个孩子率先启动。

由于清澈，孩子的眼睛总比成人看见更多的东西。由于专注，孩子会把一件事记得很牢，看得很要紧，刻不容缓。

有人说，那只是男孩的一记冲动。或许是，但冲动会沉淀，会积累出习惯，成为他的秉性，成为他的常识、基因和信仰。

儿子三岁时，某天晚饭后，该散步了，他赖着不动身，我脱口喊，"黑猫警长，月亮出来了，快去执勤！"他一怔，丢下玩具，冲下楼。

我醒悟，对小儿来说，童话情景就是生活情景，他从童话里认领的角色和指令，远比现实的委派更具诱惑和号召力。

小时候，童话就是我们的生活本身，长大后，它才被当成了文学。

好的环境，是荫佑童话的那种，它支持童话人格，鼓励你一生携带。而坏的现实，不仅不保护童话，还狠狠撕咬它，粉碎它，靠背叛它换取"成长"的资历。

列夫·托尔斯泰，想起儿时父亲教他的书和游戏，感叹说："我难道不是在那一时期里获得了我现在赖以生存的一切吗？我的收获是如此之大，并且神速。在我一生的其余岁月中所得的全部馈赠，都不及那时的百分之一。"

童年价值观，是生命衣裳的第一粒纽扣，决定一生的精神走向和心灵格局。若它是端正、高尚和优美的，那么，在漫长的岁月里，请像佩戴徽章一样爱惜它，别让它轻易脱落，更别粗鲁地扯下它。

这个夏天，网络上还疯传过一则"虐驴男"的图片新闻：西藏阿里，蓝天白云，一名戴墨镜、肌肉发达的男子，傲慢地站在草原上，手持血刃，正从一匹跪地的藏野驴身上割肉，竟然，他还在笑。

藏野驴乃国家一级保护动物。怒唾声中，"虐驴男"很快被绳之，经查，此人和同伴驾车途中，疯狂追赶、撞击藏野驴，并将奄奄一息的它开膛破肚，拍照炫耀。

这是个怎样的人呢？他扮演了一头野兽，并沾沾自喜。虽衣冠楚楚，但精神上披着皮草，龇牙咧嘴。

这也曾是一个孩子，想必也手捧过安徒生的童话，何以生成今日之狰狞？

我很想看看，他的胸襟上，是否有纽扣脱落的痕迹。

是缝得不够结实？还是现实外力太狠，在一场野蛮的扭打后弄丢了？或视为幼稚而在某个夜晚偷偷撕掉了它？

世上的儿童皆无二致，长大后才有了区别，乃至天壤之别。

有人能梦见小熊的笑声，有人连亲手制造的哭声都听不见。

2014 年 9 月

向儿童学习

提　要

一个人的童心宛如一粒花粉，常会在无意的"塑造"中，被世俗经验这匹蟑螂悄悄拖走……然后，花粉消失，人变成了蟑螂。这也就是巴乌斯托夫斯基所说的"生命丢失"吧。

所谓的"成熟"，表面上是一种增值，但从生命美学的角度看，实为一场减法：不断地交出与生俱来的美好元素和纯洁品质，去换成成人世界的某种生存策略和实用技巧。就像一个懵懂的天使，不断地掏出兜里的宝石，去换取巫婆手中的玻璃球……

每个人的身世中，都有一段称得上"伟大"的时光，那就是他的童年。泰戈尔有言："诗人把他最伟大的童年时代，献给了世界。"或许亦可说：孩子把他最美好的童真，献给了成人社会。

孩提的伟大在于：那是个怎么做梦都不过分的季节，那是个深信梦想可以成真的年代……人在一生里，所能给父母留下的最美好的馈赠，莫过于其童年。

德国作家凯斯特纳在《开学致辞》的演说中，对家长和孩子们说——

"这个忠告你们要像记住古老纪念碑上的格言那样，印入脑海：那就是不要忘怀你们的童年！只有长大成人并保持童心的人，才是真正的人……假若老师装作知晓一切的人，你们要宽恕他，但不要相信他。假如他承认自己的缺陷，那你们要爱戴他……不要完全相信你们的教科书，这些书是从旧的书里抄来的，旧的又是从老的那里抄来的，老的又是从更老的那里抄来的……"

作家的最后一句话让我激动，他这样说——

"现在想回家了吧，亲爱的小朋友？那就回家去吧！假如你们还有一些东西不明白，请问问你们的父母。亲爱的家长，如果你们有什么不明白，请问问你们的孩子。"

请问问你们的孩子！

公正的上帝，曾送给每个生命一件了不起的礼物：童年！

儿童的美德和才华，常被成人粗糙的双目所忽视，常被当废纸团随手扔进岁月之篓里。很多时候，孩提时代在教育者那儿，只被视作一个待超越的低级阶段，一个待加工的材料状态，一个尚不够文明的蒙昧区间……父母、老师、长辈皆眼巴巴盼着，盼之尽早摆脱这种幼稚和单薄，"从生命之树进入文明社会的罐头厂"（凯斯特纳），尽早变成和自己一样"散发着罐头味的人"——具有社会属性和规格型号的标准化成品。

儿童在成人眼里，通常是被当作"不及格、非正式、未成型、待加工"的状态来呵护的。

实在是天大的误会，天大的错觉。

1982年，美国纽约大学教授尼尔·波茨曼出版了《童年的消逝》一书。书的主题即：捍卫童年！作者呼吁，童年概念应与成人概念同等并存，儿童应充分享受大自然赋予的童年生活，教育不应为儿童未来而牺牲儿童现在，不能从未来角度设计和干预儿童的当下生活……美国教育家杜威也指出："生活就是'生长'，一个人在某一阶段的生活，和另一阶段的生活同样真实、同样积极，其内容同样丰富，地位同样重要。因此，教育即无论年龄大小，都要为其充分生长而供应条件的事业……教育者要尊重未成年状态"。目前，国际社会普遍尊重的童年诉求包括：首先，将儿童当"人"看，承认其独立人格；其次，将儿童当"儿童"看，不能视为成人的预备；再者，儿童在成长期，应提供与之身心相适应的生活环境。

对儿童的成人化塑造，乃时代最丑最蠢的表演之一。而儿童真正的乐园——大自然的被伤害，是成人世界犯下的最大罪过。就像鱼缸对鱼的罪过，马戏团对动物的罪过。

人要长大，要理性，要成熟，但成熟未必是成长。有时，肉体扩张了，年轮添加了，反而心灵枯萎，人格变矮，梦想溜走了。他丢失了生命最初之目的，他再也找不回那份纯真、天然、清澈和正常的状态……

"请问问你们的孩子！"并非一句戏言。

在热爱和平、反对杀戮、保护动物、遵循规则、信守承诺等方面，有几个成年人比儿童做得更好、更彻底呢？

当成年人忙于砍伐森林、猎杀珍禽、锯掉象牙、分割鲸肉……忙于往菜单上填写熊掌、虎骨、鹿茸、猴脑的时候，难道不应回家问问孩子吗？当成年人言不由衷、精神作弊，对丑行熟视无睹、对罪恶隔岸观火的时候，难道不应回家问问孩子吗？

有一期电视节目，记者暗访一家"特色菜馆"，当一只套铁链的幼猴面对屠板——惊恐万状、拼命后退时，我注意到，现场观众中，最先动容的是孩子，失声啜泣的也是孩子。无疑，在很多良知反应上，成年人已变得失聪、迟钝了。一些由孩子脱口而出的常识，在大人那儿，已变得嗫嚅不清、含糊其词了。

应该说，在对善恶、正邪、美丑的区分，在对两极事物的判断、投票和立场上，儿童比成人要明晰、笔直和果决得多。儿童生活比成人生活要纯洁、干净，更富有诗意、美感和神圣性，他还不懂得妥协、欺瞒、撒谎、虚与委蛇等厚黑术。尤其在对弱者的怜悯上，他的爱意之浓度、援手之慷慨、出让之坦荡，令人感动，堪与宗教行为相媲美。

"天真"——这是我心目中对生命的最高审美了。

那时候，我们以为天上的星星一定能数得清，于是便真的去数了……

那时候，我们以为所有的梦想明天都会成真，于是便真的去梦了……

童年所赐予我们的幸福、勇气、快乐、鼓舞和信心，童年所教会我们的善良、温情、悲悯、正直与诚实，比人生任何时候都要多，都要丰盛。

有一次，高尔基去拜访列夫·托尔斯泰，一见面，老人就对他说："请不要先和我谈您正在写什么，我想，您能不能给我讲讲您的童年……比如，您可以想起一件有趣的事儿？"显然，在这位历尽沧桑的老人眼里，没有比童年更生动更优美的作品了。

凯斯特纳的《开学致辞》是一篇保护童年的宣言，令人鼓舞。但重要的是，后来呢？初春过后的他们怎么样了呢？那有过天使笑容和花朵芳香的他们，何以最终仍钻进了父辈的躯壳里去，成为对方的复制品？

一个人的童心宛如一粒花粉，常会在无意的"塑造"中，被世俗经验这匹蟑螂悄悄拖走……然后，花粉消失，人变成了蟑螂。这也就是巴乌斯托夫斯基所说的"生命丢失"吧。

所谓的"成熟"，表面上是一种增值，但从生命美学的角度看，实为一场减法：不断地交出与生俱来的美好元素和纯洁品质，去换成成人世界的某种逻辑、生存策略和实用技巧。就像一个懵懂的天使，不断地掏出兜里的宝石，去换取巫婆手中的玻璃球……

从何时起，一个少年开始学着嘲笑天真了，开始为自己的"幼稚"而鬼鬼祟祟地脸红了？

2001 年

光荣的父辈

提　要

在家庭单元内，在一双成人和亲子之间，爱，显得崇高而结实，每个人都宠爱怀里的幼小，孜孜以求他的前途和未来。但若换个角度，跳出血缘和家族，论及天下父母和天下孩子、一代人和下一代人之间的整体关系时，荒谬即来了。

有些任务应在这代人身上完成，否则在未来眼里，我们将不是受人尊敬的老人，我们配不上岁月的爱戴。后人可重复我们的爱，但不应重复我们的恨，不应重复我们的愤怒和冒烟的心情。

近来屡被问及，儿子出生，你有何变化？

想了想，说：儿子到来，我对这个世界的爱憎成倍增加。爱，是内心对生活的肯定，是本能，是审美。憎，是因为这个不完美的世界，这场不及格的现实，这群不称职的父辈，为新生命预留了太多敌人，埋伏了无数险境和障碍，而婴儿却蒙在鼓里。对他们来说，只是满心欢喜地跑来，并不区分哪栋时空、谁的地盘……其嘴角的幸福和蜜一样的笑靥，来自十个月的胎儿梦，来自母亲的子宫和温柔乡，那儿没有国籍、制度和等级，没有贫富、欺压与争斗，只有甘露、温泉和儿歌，那是完美的大自然母腹，那是柔软的桃花源。

婴儿的特征，即"小"和"新"，这让他有了一抹神圣和无辜的气质，这足以让天下人心生爱怜。他以微小的体积激起你巨大的浪花，你会有一种甜蜜的沉重和责任感。自从把儿子抱回家，室内空气即变了，多了股栀子花的香味，这芬芳来自田野，来自阳光、牛羊、乳汁和无边无际的爱。

我想起了林徽因那首给新生命的诗："你是夜夜的月圆，你是一树一树的花开。是燕，在梁间呢喃。你是爱，是暖，是诗的一篇。你是人间四月天……"

在赤裸的婴儿身上，你看不到年份、时代和社会的蛛丝马迹，今天哇哇大哭的这个婴儿，和一千年的某个婴儿，是同一个，并无二致。而且，他们的模样彼此很像，到了会轻易抱错的地步，到了一个婴儿啼哭、所有母亲都颤抖的地步。你的孩子，只是那万千花簇中的一朵，离你最近的那朵。

博客上，有网友留言，说："你头像的娃娃照片和我家娃娃特像！"我激动地回复："婴儿们都非常像，我觉得，婴儿是天下人共同的孩子……"是的，生命在很小很小的时候，都非常像，他故意让你分不清谁是谁家的，这很好，如此一来，孩子即俘获了天下人的爱怜。自儿子降生，我看每个幼小，目光都是一样的，心里的柔软都是一样的。那天，网上见一生病的幼儿，心疼得要命，立即跑去捐款。见一患白血病的孩子，立即想告诉对方，儿子捐献的脐带血入库了，去申请使用吧……这甚至波及了工作，在节目解说词中，我写道："每个孩子，都是时代的孩子，都是天下人的孩子，都是这个共同体的财富。亏待孩子，就是亏待未来。""每一个被拐卖的孩子，都印证着社会的失明。一个孩子在受难，就是文明在受难。"

看婴儿的眼睛——那汪从未滑过阴影的眸水，会增添你奋斗的冲动和正义感，你会陡然觉得自己像一棵树，高大而正直，身披霞光。

儿童节前，一家媒体约我写段话，给初来乍到的小人儿。其实，我对婴幼没有想说的，我想说的是自己的同类，为人父母者。

在家庭单元内，在一双成人和亲子之间，爱，显得崇高而结实，每个人都宠爱怀里的幼小，孜孜以求他的前途和未来，皆甘愿舍己哺子、以自己的亏损来滋补孩子。但若换个角度，跳出血缘和家族，论及天下父母和天下孩子、一代人和下一代人之间的整体关系时，荒谬即来了，这群父辈竟是最自私、冷漠和不可理喻的。睁眼看看吧，他们决心把怎样一个世界交付后代呢——

疯狂地挥霍、采掘、吞噬、排泄、毁坏、透支，那哭泣的江河、森林、物种、海洋乃至天空……除了垃圾山，除了被掏空的大地，可曾想过给后代留下什么？几年前，一位环保总局的官员悲愤地盘点：半个世纪以来，可居住土地由 600 万平方公里减至一半；三分之一国土被酸雨污染；主要水系的五分之二沦为劣五类水；四十五种主要矿产十五年后将只剩六种……这仅是中国，世界呢？资源越有限，竞争越残酷，或许将来，连新鲜空气都要像牛奶一样装进袋子里了，谁有钱谁就多吸几口。难道我们今日对自家孩子的期许，对其学业和智力的督促，就是指望在未来的生存大战中他能优先摘到那袋空气吗？

在那篇祝词中，我写道——

天下父母，能给孩子的大爱是什么？

不是门第房产存折股权，是尚能提取的蓝天净土山河之大自然库存、之祖宗家底！是一个被健康的制度、法律、契约、理性和道德所匡正的社会！是一个自由表达、规则合理、运行有序、有权利谈判机会的时代！否则，你能保证他接手的房子不被强拆吗？你能保证他继承的钱袋不被税费、通胀、恶市、骗子和权势洗劫一空吗？你以为他躲得过贫困即能躲过毒大米、毒豆芽、毒牛奶吗？你能保证他不被户籍、入学、就业、种种潜规则所羁绊，甚至得抑郁症吗？你能保证他不会在某个拐角撞上"药家鑫"们或直接成为对方吗？你能保证他未来的孩子不会成为"小悦悦"、不被拐卖或下落不明吗？

是时候了，我们要换一种大视野和大逻辑，让爱在天下父母和天下孩子之间重新铺设。

天下父母，应以大爱的名义、决心、共识和紧迫感，为天下孩子尽一项集体义务，即：缔造一个公正、自由、法治和安全的时代，一个温煦、平和、有序、良性循环的社会！凭此承诺，我们才配做父母，才是怀揣真爱的父母，才是光荣的一代父辈。

一朋友短信我：今天你骂人了？不是说要心平气和吗？他指的是我在微博上对一起校车事故的愤怒，一间9座车厢塞进了64个人，20多个孩子，没了。

我不是反对主义者，我只是理想主义者。我人生的目的只一个：生活！在充分的肯定语态和平静心境中生活，在美和爱中聚精会神、不被干扰地生活。但当这个世界在很多方面不及格时，我想，必须奋斗，必须投身于改变。

有些任务应在这代人身上完成，否则在未来眼里，我们不是受人尊敬的老人，我们配不上岁月的爱戴。后人可重复我们的爱，但不应重复我们的恨，不应重复我们的愤怒和冒烟的心情。

一个人，若不能在精神和行动上与自己的时代缔结一种深刻关系，若他消费的不是自己参与创造和支配的生活，那他即是一个寄生虫。

只有担责的一代父辈，才能分娩出下一梯队的美好人生，我们对子孙的祝福才诚实，才有效，才不会虚脱成谎。

天下父母们，请走出自家门户，来到高高的山顶上，把祝福和承诺——抛向天下孩子，而我们的亲生儿女，即在其中。让我们夜以继日、不遗余力——为漫山遍野的孩子，抛洒爱的义务吧。

他们的回报，将是提起父辈时，那深情的爱戴和脸上的骄傲。

2011 年 8 月

一个好的时代

提　要

一个好的时代，有个最简单的标准，那就是：假如傻瓜也能活得好好的！

一条路，若连盲人都安然无恙，即一条善良的路。

否则就不是。

一死囚在临刑前哭喊对不起家人，他参与了一桩灭门杀人案。一个人在医院偷患者钱包，因母病重急需钱。一官员贪污几千万，为了让深爱的女人锦衣玉食。一父亲为了女儿上大学，设局顶替了别人家的女儿。一老板拖欠民工的血汗钱，称别人欠自己的也没还。一妇女从产房里将婴儿偷走，理由是太喜欢孩子却不能生育……

一个坏的时代，在伦理、习俗、规则、逻辑上，默认或怂恿如下做法——

宠爱自己的孩子却漠视别人的孩子；孝敬自己的父母却欺凌别人的父母；善待自己的弟兄却盘剥别人的弟兄；庇护自己的眷属却虐待别人的眷属；怜惜自己的姐妹却侮辱别人的姐妹；扩充自己的钱包却压榨别人的钱包；造福自己的家乡却掠夺别人的家乡……

天使与魔鬼，两种人格，两个身份，两套本能。

而这，每天都发生在贪官、恶奴、街霸、骗子、奸商、盗贼身上。偶尔，也会若无其事地发生在普通人身上。

一个好的时代，应最大限度地消解以上荒谬和悖论。

一个好的时代，会让天下孩子都遇到呵护，所有父母都得到孝敬；会以社会的担当替代百姓的焦虑，会以政府的信用激励民间的诚实；会以完善的制度保障游戏的公正、分配的合理、权力的谦卑；会让富人失去骄横、拥抱义务，会让弱者得到帮助却不失尊严；会让每个做梦的人都有光明之感，会让美德和单纯不被嘲笑与辜负；会让命运不亏待那些劳苦，像麦田那样承诺耕耘与收成、汗水和果实成正比……

一个好的时代，个人的幸福不以别人的痛苦为肥料，个人的满足不以别人的忧愁为成本，个人的衣冠楚楚不以别人的破衫褴褛为背景……甚至，人类"以人为本"的时候不再虐待别的生灵，壮大人间的时候不再奴役大自然。

一个好的时代，空气中最大成分是氧和爱，大街上流行的风景是笑容，是谦和、礼让、牵手、携扶，而非敌意、怨恨、牢骚和骂骂咧咧。

判定一个好的时代，还有个最简单的标准，那就是：假如傻瓜也能活得好好的！

一条路，若连盲人都安然无恙，即一条善良的路。

否则就不是。

一个好的时代，应尽快到来！应尽快变成共识和承诺，变成行动和效率，应只争朝夕地去实践，夜以继日地去兑现。

一个好的时代，不会把它的任务让渡给下个时代，不会找各种借口逃避变革，它要对公民此生的幸福负责。

"为了美好的今天"，其神圣性与合法性，远大于"为了美好的明天"。

最重要的，一个好的时代，不会因遇到批评和苛求而恼羞成怒。

2009 年

第三辑
▼

现代忧思

再见，萤火虫

提　要

相传七月初一，地府开关放行，鬼魂们可到人间散散心、探探亲。而人间七月，瓜果稻粟皆入仓，酷暑亦消，也该置衣备寒了，从物资到时令，正是孝敬先人的好当口。

朵朵流萤，鬼魂返乡……很温馨。少时读《聊斋》，即觉得鬼魂很美，一点不惧。成年后，尤其父亲去世，我更加想，若没有魂，若阴阳两界永无来往，多可怕啊。

我爱鬼魂，爱一切鬼魂传说。

曾经，我住得离玉渊潭很近，逢夏夜，即去湖边遛弯，每挨近黑魆魆的灌林，总禁不住东张西望，朝窸窸窣窣的草丛打听什么……

我已二十多年没见萤火虫了。

发源西山的昆玉河，加上湖、林、塘、苇、野鸭……玉渊潭堪称京城最清洁的水园子了，也是唯剩野趣的地儿，它的湖冰和早樱都很美。即便如此，其夏夜却让我黯然神伤，那一盏盏清凉似风的小灯笼呢？那明明灭灭、影影绰绰的小幽灵呢？

连续几个夏季，我一无所获。我知道，对水源有洁癖的萤虫，若不在这儿落脚，恐怕城里也就无处投亲了。

天上的星星，地上的流萤。

小时候，这是我沉迷夏夜的两大缘由。

故乡有个说法：天上几多星，地上几多萤。所以，每捉了它，却不敢久留，先请进小玻璃瓶，凝神一会儿，轻轻吹口气，送它跑了。

我怕天上少了一颗星。

无人工照明的年代，自然界唯一的光华，唯一能和星子呼应的，就是它了。

"我徂东山，慆慆不归……町畽鹿场，熠耀宵行。"

这是《诗经·豳风》里的景象。一位思妻心切的戍边男子夜途返乡，替之照明的，竟是漫山遍野的流萤，多美的回家路啊！

萤虽虫，但古人很少以虫冠之：蚈、照、夜光、景天、宵烛、丹鸟、耀夜、夜游女子……我最喜欢的还是"流萤"，一个"流"字，将其隐隐约约、稍纵即逝、亦真亦幻的飘烁感、玲珑感、梦游感——全勾画了出来。萤之美，除了流态，更在于光，那是一种难形容的光，或者说它只能被用去形容别的。

那光，说天青，说黄绿，说冰蓝，我觉得皆似，又皆非。你刚想说它忧郁，又觉不失灿烂；你刚想说它冷幽，又觉颇含灼情……总之，有一抹谜语的气质，一缕童话的味道。

它静静的、微微的，聪慧、羞涩，像什么人的目光。

插点趣事，小时候第一次看见荧光灯，尤其它启动时不停地眨眼，我以为灯管里住着萤火虫。想必受了"囊萤夜读"的诱惑，觉得它能躲在容器里照明。另外，30岁前，我一直把荧光灯写成"萤光灯"。

娱乐界有个词叫"闪亮登场"，闻之我就想起萤火虫，用在它身上太贴切了。

农历七月，流萤最盛。清嘉庆年的四川《三台县志》这样描述："是月也，金风至，白露降，萤火见，寒蝉鸣，枣梨熟，禾尽登场。"巧得很，俗称"七月半，鬼乱窜"的送衣节（又称中元节、盂兰会、鬼节）正值七月十五。民俗学家推测，鬼节值于此，大概是因为田野里流萤闪烁让人联想起鬼魂。

这联想真的很美。相传七月初一，地府开关放行，鬼魂们可到人间散散心、探探亲。而人间七月，瓜果稻粟皆入仓，酷暑亦消，也该置衣备寒了，从物资到时令，正是孝敬先人的好当口。

朵朵流萤，鬼魂返乡……很温馨。少时读《聊斋》，即觉得鬼魂很美，一点不可怕。成年后，尤其父亲去世，我更加想，若没有魂，若魂不可现，若阴阳两界永无来往，多么可怕啊。

我爱鬼魂，爱一切鬼魂传说。

民间的两个说法，"腐草化萤"和"囊萤夜读"，都被科学证了伪，指成迷信和虚构。我想，大可不必拿这么浪漫的事开刀，古人重意境和梦游，擅长诗意地消费。面对流萤这般影影绰绰，人的精神难道不该缥缈些吗？

腐草化萤，化腐朽为神奇，多可爱的想象，多烂漫的心愿。

较之现代人的刻板和物理，古人的生活有种务虚之美。

长大后翻古书，方知白日听蝉、黑夜赏萤，乃文人最心仪的暑乐。一聒一静，一炎一凉，没有这俩伴儿，夏天就丢了魂，孩子就丢了魂，风雅者就丢了魂。

"银烛秋光冷画屏，轻罗小扇扑流萤。天阶夜色凉如水，卧看牵牛织女星。"杜牧这首《七夕》，我以为是萤文中最好的。

作为虫，"萤"字飞入古诗中的频率，大概超过蝴蝶，堪与蟋蟀并列。"长信深阴夜转幽，瑶阶金阁数萤流""夕殿萤飞思悄然，孤灯挑尽未成眠"……我想，一方面和彼时萤盛有关，抬头不见低头见；一方面古人对萤的注视和美学欣赏，已成雅习。

那时候，不仅有萤，且有闲、有心、有情。问问现在的城里孩子，谁见过流萤？我问过，没有。现代人与一只萤火虫相遇的概率，已小于日全食。

若论对流萤的感情和消费程度，古代中国排第一。

现在呢？

和华夏一样，东瀛日本也热爱萤火，而且，这份爱从古到今一路飘移，始终不渝，它现设十几个供流萤栖息的"天然纪念物地区"。

宫崎骏参与的一部电影叫《萤火虫之墓》，最打动我的，是漫天流萤给灵魂伴舞，或者说，萤即魂，魂即萤……

这是典型的东方美学和古典情怀。

读到一篇哀悼萤火虫的科普文，称其比那些明星动物更重要，它属于"指示性物种"，意思是说，在自然界，它属广泛性、基础性、标识性的生物，其濒危，说明生态环境已极劣。萤很脆弱，水污、光污、农药化肥，皆可致其命。

为什么美丽的东西都易碎？为什么人类活得越来越顽强？

在北京后海，我对朋友说，未来我想干一件大事：养萤火虫！

除了自个儿放赏，还可卖与酒吧、露天餐厅、聚会和盛典场所……朋友哈哈大笑，你想学隋炀帝啊。他说的是"集萤放赏"的故事，炀帝酷爱流萤，逢夏夜，便把好几斛的萤虫放至山上，游累了才肯回去睡觉。皇帝的想法，若抛去腐败因素，往往都很美，因为他真敢想啊。

如今，北京夜空中常见一朵一朵的闪烁，比树高，比云低……

那是有人在放夜筝，上面绑了发光器。

还有一年，和朋友在厦门海滩放孔明灯，当它飘到很远很远，只剩一个似是而非的小点儿时，我觉得像极了流萤……

每见它们，总想起童年的夏夜。

想起流萤照亮的草丛和小径，想起那会儿的露天电影，想起父母的手电筒和唤孩子回家的急切声，那时他们比我现在还年轻……

那一刻，我体会到难以名状的美和疼痛。

我们只剩下荧光灯了？

只剩下霓虹闪烁了吗？

2009 年

每个故乡都在消逝（节选）

提　要

　　当一位长辈说自个儿是北京人时，脑海里浮动的一定是由老胡同、四合院、五月槐花、前门吆喝、六必居酱菜、小肠陈卤煮、王致和臭豆腐……组合成的整套记忆。或者说，是京城喂养出的那套热气腾腾的生活体系和价值观。而今天，一个青年自称北京人时，他指的一定是户籍和身份证，联想的也不外乎"房屋""产权""住址"等信息。

我要还家，我要转回故乡。

我要在故乡的天空下，沉默寡言或大声谈吐。

——海子

1

先讲个笑话。

一人号啕大哭，问究竟，答：把钱借给一个朋友，谁知他拿去整容了。

在《城市的世界》中，作者安东尼·奥罗姆说了一件事：帕特丽夏和儿时的邻居惊闻老房子即将拆除，立即动身，千里迢迢去看一眼曾生活的地方。他感叹道，"对我们这些局外人而言，那房子不过一种有形的物体罢了，但对于他们，却是人生的一部分。"

这样的心急，这样的驰往和刻不容缓，我深有体会。

现代拆迁的效率太可怕了，灰飞烟灭即一夜之间。来不及探亲，来不及告别，来不及救出一件遗物。对一位孝子来说，不能送终的遗憾，会让他失声痛哭。

2006 年，在做唐山大地震 30 年纪念节目时，我看到一位母亲动情地向儿子描述："地震前，唐山非常美，老矿务局辖区有花园，有洋房，最漂亮的是铁菩萨山下的交际处……工人文化宫里面可真美啊，有座露天舞台，还有古典欧式的花墙，爬满了青藤……开滦矿务局有自己的体育馆，带跳台的游泳池，还有一个有落地窗的漂亮的大舞厅……"

大地震的可怕在于，它将生活连根拔起，摧毁着物象和视觉记忆的全部基础。做那组电视节目时，竟连一幅旧城容颜的图片都难觅。

1976 年后，新一代唐山人对故乡几乎完全失忆。几年前，一位美国摄影家把 1972 年途经此地时拍摄的照片送来展出，全唐山沸腾了，睹物思情，许多老人泣不成声。因为丧失了家的原址，30 年来，百万唐山人虽同有一个祭日，却无私人意义的祭奠地点。对亡灵的召唤，一直是十字路口一堆堆凌乱的纸灰。

一代人的祭日，一代人的乡愁。

比地震更可怕的，是一场叫"现代化改造"的人工手术。一次城市研讨会上，有建设部官员愤愤地说："中国，正变成由一千个雷同城市组成的国家。"

如果说在这个世界上，每个人都只能指认和珍藏一个故乡，且故乡又是各自独立、不可混淆的，那么，面对千篇一律、形同神似的一千个城市，我们还有使用"故乡"一词的勇气和依据吗？我们还有抒情的可能和心灵基础吗？

是的，一千座镜像被打碎了，碾成粉，又从同一副模具里脱胎出来，它们不再是一个个、一座座，而是统一制服的克隆军团，是一个时代的集体分泌物。

每个故乡都在沦陷，每个故乡都因整容而毁容。

读过昆明诗人于坚一篇访谈，印象颇深。于坚是个热爱故乡的人，曾用很多美文描绘身边的风物。但 10 年后，他叹息："一个焕然一新的故乡，令我的写作就像一种谎言。"

是的，"90 后"肯定认为于坚在撒谎、在梦呓。因为他说的内容，现实视野中根本没有对应物。该文还引了朋友们的议论："如果一个人突然在解放后失忆，再在今年醒来，他不可能找到家。""不可能，15 年前失忆，现在肯定都找不到。"

相对而言，昆明的被篡改程度还算轻的。

2

"故乡"，不仅仅是个地址，它是有容颜和记忆能量、有年轮和光阴故事的，它需要视觉凭证，需要岁月依据，需要细节支撑，哪怕蛛丝马迹，哪怕一井一石一树……否则，一个游子何以与眼前的景象相认？何以肯定此即梦牵魂绕的旧影？

当眼前事物与记忆完全不符，当往事的青苔被抹干净，当没有一样东西提醒你曾与之耳鬓厮磨、朝夕相处……它还能让你激动吗？还有人生地点的意义吗？

那不过是个供邮政和交通使用的地址而已。就像如今北京的车站名，你若以为它们都代表"地点"并试图消费其实体，即大错特错了："公主坟"其实无坟，"九棵树"其实无树，"苹果园"其实无园，"隆福寺"其实无寺……

"地址"或许和"地点"重合，比如"前门大街"，但它本身不等于地点，只象征方位、坐标和地理路线。而地点是个生活空间，是个有根、有物、有丰富内涵的信息体，它繁殖记忆与情感，承载着人生活动和岁月内容。比如你说"什刹海""南锣鼓巷""鲁迅故居"，即活生生的地点，去了便会遇见。

地址是死的，地点是活的。地址仅仅被用以指示与寻找，地点则用来生活和居住。

安东尼·奥罗姆是美国社会学家，他有个发现：现代城市太偏爱"空间"却漠视"地点"。在他看来，地点是个正在消失的概念，但它担负着"定义我们生存状态"的使命。"地点是人类活动最重要、最基本的发生地。没有地点，人类就不存在。"

其实，"故乡"的全部含义，都将落实在"地点"和它养育的内容上。简言之，"故乡"的意义，即演绎"一方水土养一方人"的古老逻辑。

当一位长辈说自个儿是北京人时，脑海里浮动的一定是由老胡同、四合院、五月槐花、前门吆喝、六必居酱菜、小肠陈卤煮、王致和臭豆腐……组合成的整套记忆。或者说，是京城喂养出的那套热气腾腾的生活体系和价值观。而今天，当一个青年自称北京人时，他指的一定是户籍和身份证，联想的也不外乎"房屋""产权""住址"等信息。

3

吹灯拔蜡的推陈出新，无边无际的大城宏图，千篇一律的整容模板……

无数"地点"在失守，被更弦易帜。

无数"故乡"在沦陷，被连根拔起。

何止城池，乡村也在沦陷，且以更惊人的速度坠落。因为它更弱，更没有重心和屏障，更乏自持力和防护性，乃至成了城市生活的下游和垃圾桶。我甚至怀疑：我们还有真正的乡村和乡村精神吗？

那些评选出来的所谓"魅力小镇"，不过是一台走秀，在其身上，我丝毫没觉出"小镇"该有的灵魂、脚步和炊烟——那种与城市截然不同的生活美学和心灵秩序。

真正的乡村精神——那种骨子里的安详和宁静，是装不出来的。

4

"我回到故乡即胜利。"

自然之子叶赛宁如是说。

沈从文也说："一个士兵要么战死沙场，要么回到故乡。"

他们算是幸运，那个时代，故乡是不死的。至少尚无征兆和迹象，让游子担心故乡会死。

是的，丧钟响了。

每个人都应赶紧回故乡看看，赶在它整容、毁容或下葬之前。

当然还有个选择：永远不回故乡，不去目睹它的死。

我后悔了。我去晚了。我不该去。

由于没在祖籍生活过，多年来，我一直把70年代随父母流落的小村子视为故乡。那天梳理旧物，竟翻出一篇自己的初中作文——

"我的童年是在乡下度过的。那是一个群山环抱、山清水秀的村庄，有哗哗的小溪，神秘的山洞，漫山遍野的金银花……傍晚时分，往芦苇荡里扔一块石头，扑棱棱，会惊起几百只大雁和野鸭……盛夏降临，那是我最快乐的季节。踩着火辣辣的沙地，顶着荷叶跑向水塘。村北有一道宽宽的水瀑，像一张床，铺满了绿苔，坡下是一汪深潭，水中趴着圆圆的巨石，滑滑的，像一只只大乌龟露出的背……"

坦率说，这些描写一点没掺假。多年后，我遇到一位美术系教授，他告诉我，30年前，他多次带学生去鲁南写生，还路过这个村子。真的美啊，他一口咬定。

几年前，金银花开的仲夏，我带家人去看它，亦是我 30 年来首次归来。

一路上，我不停地描绘她将要看到的一切，她听得痴迷，我也沉浸在"近乡情更怯"的感动中。可随着刹车声，我大惊失色，不见了，全不见了，找不到那条河、那片苇荡，找不到鱼游虾戏的水瀑……代之的是采石场，是冒烟的砖窑，是歪斜的广告牌：欢迎来到大理石之乡。

和于坚一样，我成了说谎者。

5

没有故乡，没有身世，人何以确认自己是谁、属于谁？

没有地点，没有路标，人如何称从哪里来、到哪里去？

这个时代，不变的东西太少了，慢的东西太少了，我们头也不回地疾行，而身后的辙印、村庄、炊烟、河流，早已无踪。

我们唱了一路的歌，却发现无词无曲。

我们走了很远很远，却忘了为何出发。

2009 年

消逝的"放学路上"

提　要

回想小时候，童年最大的快乐就是在路上，尤其放学路上。

那是三教九流、七行八作、形形色色、千奇百怪的大戏台，那是面孔、方言、腔调、扮相、故事的孵化器，那是一个孩子独闯世界的第一步，乃其精神发育的露天课堂、人生历练的风雨操场……

那个黄昏，我突然替眼前的孩子惋惜——他们不会再有"放学路上"了。他们被装进一只只豪华笼子，直接运回了家，像贵重行李。

或许，你再也看不到这样的情景了——
一群像风筝一样在街上晃荡的孩子。

1

"小呀小儿郎，背着书包上学堂。不怕太阳晒，也不怕那风雨狂；只怕先生说我懒呀，没有学问我无脸见爹娘。"

30年前的儿歌倏然苏醒，当我经过一所小学的时候。

下午4点半，方才还空荡荡的小街，像迅速充胀的救生圈，被各式私车和眼巴巴的家长塞满了。

开闸了，小人儿鱼贯而出，大人们蜂拥而上。一瞬间，无数的昵称像蝉鸣般绽放，在空中结成一团热云。这个激动人心的场面，只能用"失物招领"来形容。

就在这时，那首歌突然跃出了记忆。

我觉得像被什么拍了下肩，它就在耳畔奏响了。

这支叫《读书郎》的儿歌，陪伴了我整个童年时代。那会儿，它几乎是我每天上学路上的喉咙伴奏，或叫脑海音乐吧。偏爱有个理由：它不像其他歌那么"正"，念书不是为"四个现代化"或"革命接班人"，而是"先生"和"爹娘"……我觉得新鲜，莫名的亲切。哼唱时，我觉得自己就是歌里的小儿郎，甚至想，要是老师变成"先生"该多好啊。好在哪儿，不知道。

那个黄昏，当它突然奏响时，我感觉后背爬上了一只书包，情不自禁，竟有股想蹦蹦跳跳的冲动……

从前，上学或放学路上的孩子，就是一群没纪律的麻雀。

无人护驾，无人押送，叽叽喳喳，兴高采烈，玩透了、玩饿了再回家。

回头想，童年最大的快乐就是在路上，尤其放学路上。

那是三教九流、七行八作、形形色色、千奇百怪的大戏台，那是面孔、方言、腔调、扮相、故事的孵化器，那是一个孩子独闯世界的第一步，乃其精神发育的露天课堂、人生历练的风雨操场……所有的趣人趣事趣闻，几乎都是放学路上邂逅的。那是最值得想象和期待的空间，每天充满新奇与陌生，充满未知的可能性，我作文里那些真实或瞎编的"一件有意义的事"，皆上演在其中。它的每一条巷子和拐角，每一只流浪狗和墙头猫，那烧饼铺、裁缝店、竹器行、小磨坊，那打锡壶的小炉灶、卖冰糖葫芦的吆喝、爆米花的香味、弹棉弓的铮铮响，还有谁家墙头的杏子最甜、谁家树上新筑了鸟窝……都会在某一时分和我发生联系。

对成长来说，这是最肥沃的土壤。

很难想象，若撤掉"放学路上"，童年还剩下什么呢？

于我而言，啥都没了，连作文都不会写了。

那个黄昏，我突然替眼前的孩子惋惜——他们不会再有"放学路上"了。

他们被装进一只只豪华笼子，直接运回了家，像贵重行李。

2

为何会丢失"放学路上"呢？

我以为，除城市膨胀让路程变遥远、为脚力所不及外，更重要的是"路途"变了，此路已非彼路。具体说，即"传统街区"的消逝——那温暖而有趣的沿途，那细节充沛、滋养脚步的空间，消逝了。

何谓传统街区？它是怎样的情形呢？

"城市应是孩子嬉戏玩耍的小街，是拐角处开到半夜的点心店，是列成一排的锁匠鞋匠，是二楼窗口探出头凝视远方的白发老奶奶……街道要短，要很容易出现拐角。"这是简·雅各布斯在《美国大城市的死与生》中的话，我以为是对传统街区最传神的描述。

这样的街区生趣盎然、信息肥沃、故事量大，能为童年生长提供最充分的乐趣、最周到的服务和养分，而且它是安全的，家长和教育者放心。为何现在保险箱里的儿童，其事故风险却高于自由放养的年代？雅各布斯在这部书里，回忆了多年前的一个下午——

"从二楼的窗户望去，街上正发生的一幕引起她的注意：一个男人试图让一个八九岁的小女孩跟自己走，他一边极力哄劝，一边装出凶恶的样子；小女孩靠在墙上，很固执，像孩子抵抗时的那种模样……我心里正盘算着如何干预，但很快发现没必要。从肉店里出来一位妇女，站在离男人不远的地方，叉着胳膊，脸上露出坚定的神色。同时，旁边店里的科尔纳基亚和女婿也走了出来，稳稳站在另一边……锁匠、水果店主、洗衣店老板都出来了，楼上很多窗户也打开了。那男子并未留意到这些，但他已被包围了，没人会让他把小女孩弄走……结果，大家感到很抱歉，小女孩是那男人的女儿。"

这就是老街的含义和能量，这就是它的神奇和美德。

在表面的松散与杂乱之下，它有一种无形的日常秩序和维护系统，它的生活是温情、安定和慈祥的。它并不搜索别人的隐私，但当疑点和危机出现时，所有的眼睛都倏然睁开，所有的脚步都会及时赶到。

这很像中国人的一个词："街坊"。

这样的背景下，一个孩子独自上路，需要被忧虑吗？

自由，源于安全与信赖。若整个社区都给人以"家"的亲切和熟悉，那一个孩子，无论怎样穿梭和游走，无论在外"漂"多久，结果都是一样的。而路上所有的插曲，包括挨骂的那些顽皮、冒险和出格，都是世界给他的礼物，都是对成长的奖励和爱抚。

在雅各布斯看来，城市人彼此之间最深刻的关系，"莫过于共享一个地理位置。"她反对仅把公共设施和住房作为衡量生活的指标，她认为一个理想社区应丰富人与人间的交流、促进公共关系的繁育，而非把生活一块块切开，以"独立"和"私人"的名义封闭化、割裂化。

这个视角，对人类有着重大的精神意义。顺着她的思路往下走，你很快即发现：我们通常讲的"家园""故乡"——这些饱含体温与感情的地点词汇，其全部基础皆在于某种良好的人际关系、熟悉的街区内容、有安全感的共同生活……所谓"家园"，并非一个单纯的物理空间，而是一个和地点联手的精神概念，代表一群人对生活属地的集体认同和相互依赖。

单纯的个体是没有"故乡"的，单纯的门户是无"家"可言的。

就像水，孤独的一滴构不成"水"之含义，它只能叫"液体"。

3

我越来越觉得如今的孩子——尤其都市孩子，正面临一个危险：失去"家""故乡"这些精神地点。

有位朋友，儿子6岁时搬了次家，10岁时又搬了次家，原因很简单，换了更大的房子。我问，儿子还记不记得从前的家？带之回去过吗？他主动要求过吗？没有，朋友摇头，他就像住宾馆，哪儿都行，不恋旧，也不喜新……我明白了，对于"家"的转移，孩子在情感上无动于衷。

想不想从前的小朋友？我继续问。不想，哪儿都有小朋友，哪儿小朋友都一样。或许儿子眼里，小朋友是种"现象"，是一种"配套设施"，就像日光下随你移动的影子，不记名的影子……朋友尴尬地说。

我沉默了。这是没有"发小"的一代，没有老街生活的一代，没有街坊和故园的一代。他们会不停地搬，但不是"搬家"。"搬家"意味着记忆和情感地点的变换，意味着朋友的告别和人群的刷新，而他们，只是随父母财富的变化，从一个空间转到另一空间。城市是个巨大的商品，住宅也是个商品，都是物，只是物，孩子只是骑在这头物上飞来飞去。

　　我问过一位语文老师，她说，现在的作文题很少再涉及"故乡"，因为孩子会茫然，不知所措。

　　是啊，你能把偌大北京当故乡吗？你能把朝阳、海淀或某个商品房小区当故乡吗？你会发现根本不熟悉它，从未在这个地点发生过深刻的感情和行为，也从未和该地点的人有过重要的精神联系。

　　是啊，故乡不是一个地址，不是写在信封和邮件上的那种。故乡是一部生活史，一部留有体温、指纹、足迹——由旧物、细节、各种难忘的人和事构成的生活档案。

　　还是前面那位朋友，我曾提议：为何不搞个聚会，让儿子和从前同院的伙伴们重逢一次，合个影什么的？或许这对成长有帮助，能让一个孩子从变化了的伙伴身上觉察到自己的成长……朋友怔了怔，羞涩地笑笑：其实儿子只认识隔壁的孩子，其他都不熟悉，偶尔，他会想起某只丢失或弄坏的玩具，但很少和人有关，他的快乐是游戏机、动画片、成堆的玩具给的。

该我自嘲了，一个多么不恰当的浪漫！

这个时代有一种切割的力量，它把生活切成一个个的单间：成人和宠物在一起，孩子和玩具在一起。我曾在一小区租住了4年，天天穿行其中，却对它一无所知。搬离的那天，我有一点失落，我很想去和谁道一声别，说点什么，却想不出那人是谁。

4

那天，忽收一条短信："王开岭，你妈妈叫你回家吃饭。"

我愣了，以为恶作剧。可很快，我对它亲热起来，30年前，类似的唤声曾无数次在一个个傍晚响起，飘过一条条小巷，飘进我东躲西藏的耳朵里。

传统老街上，一个贪玩的孩子每天都会遭遇这样的"通缉"，除了家长的嗓门，街坊邻居和小伙伴也会帮着喊。

后来，才知这短信源于一起著名的网络事件，某天，有人发了个帖子："贾君鹏，你妈妈叫你回家吃饭。"短短几日，跟帖竟高达几十万，大家纷纷以各自腔调催促这个不听话的孩子快回家，别让妈妈等急了，别让饭菜凉了，别挨一顿骂或一顿揍。

最后，有人揭穿了谜底，这个响彻神州的名字竟是虚拟的，乃某网站的精心策划和炒作。我一点不沮丧，甚至感动于阴谋者的情怀设计。

一个贾君鹏沉默，千万个贾君鹏应声。

我们都竖起耳朵，聆听从远处飘来的蒲公英般的声音……

某某某，你妈妈叫你回家吃饭。

我暗暗为自己的童年庆幸。如果说贾君鹏的一代可叫露天童年、旷野童年、老街童年，那如今的孩子，则是温室童年、公园童年、玩具童年了。

面对现代街区和路途，父母不敢再把孩子轻易交出去了，不允许童年有任何闪失。

就像风筝，从天空撤下，把绳剪掉，挂在墙上。

再不用担心被风吹跑，被树刮住了。翅膀，就此成为传说和纪念。

或许，你再也看不到这样的情景了——

一群像风筝一样在街上晃荡的孩子。

2009 年

江河之殇

提　要

人的生物时间是被季节惊醒的，而哲学维度的光阴意识，则是被流水启蒙的。

仁者乐山，智者乐水。其实，无论仁智，都会对水寄予厚望，向浩荡江河呈上敬意。

"故君子见大水必观焉。"

江河，既是满载神性和诗意的实体，亦是伟大的精神智库和美学资源。这一切一切，源于水之流性。

君子见大水必观焉。

——孔子

1

河流一词，我惜的是个"流"字。

流，既是水的仪表，更是水的灵魂。

有次在朋友的画里，发现一条极美的河，我问，你是怎么想象它的？她说，画的时候，我在想，它是有远方的水。

这念头太漂亮了。流水不腐，当一条水有了远方，有了里程，才算真正的河吧。

每一滴水，都有跑的欲望，哪怕一颗露珠。

水的冲动，水的匀细，让古人发明了滴漏，收集光阴。河姆渡出土的陶罐，早期刻的是水波纹，后来是浪花纹、漩涡纹、海水纹……人类最初的美，是从水里捞起来的。

我以为，人有两个层面的时间觉悟：生物的，哲学的。

在遥古，人的生物时间是被季节惊醒的，二十四节气，俨然二十四刻度的农业闹钟。而哲学维度的光阴意识，则是被流水之鸣启蒙的。

"逝者如斯，不舍昼夜。"（孔子）

江河不息，皆付东逝。万象倏忽，无常有常。

"人不能两次踏进同一条河流。"（赫拉克里特）

流，是水的信仰。逝，是生的本质。

"江畔何人初见月，江月何年初照人？"（张若虚）

水字头上驻一点，就是永。

2

最美的水在《诗经》，最俏的女子在溪畔。

"关关雎鸠，在河之洲；窈窕淑女，君子好逑。"

"蒹葭苍苍,白露为霜;所谓伊人,在水一方。"

最深的心事锁于水。最远的眺望付于水。

"汉有游女,不可求思。汉之广矣,不可泳思。江之永矣,不可方思。"这男子爱得神魂颠倒,近乎绝望。诗很美,只是感情有点绕,我更喜欢那首大白话——

"我住长江头,君住长江尾;日日思君不见君,共饮一江水。"(李之仪)

这是我最怜惜和欣赏的一位妇人。她的露骨,她的痴,她的执,空前绝后。

秋水涟漪,乃尘间最大诱惑。临波之人,必心生荡漾。

水,是爱的基因,情的种子。

除了情草缠绵,水中还藏何玄机?还能带来更大的精神视觉和冲击波吗?

仁者乐山,智者乐水。其实,无论仁智,都会对水寄予厚望,向浩荡江河呈上敬意。老子云:"上善若水,水善利万物而不争。"荀子则在《宥坐》中讲一故事——

子贡问:"君子之所以见大水必观焉者,是何?"孔子曰:"夫水,遍与诸生而无为也,似德;其流也卑下,裾拘必循其理,似义;其洸洸乎不淈尽,似道;若有决行之,其应佚若声响,其赴百仞之谷不惧，似勇……其万折也必东，似志。是故君子见大水必观焉。"

大水，必载大势大象、大道大德、大情大义。观瞻江河，实乃一门人生大课，可悟玄机、晓事理、筑品格、升境界。

3

"孤帆远影碧空尽，唯见长江天际流。"（李白）

"过尽千帆皆不是，斜晖脉脉水悠悠。"（温庭筠）

"无边落木萧萧下，不尽长江滚滚来。"（杜甫）

江河，既是满载神性和诗意的实体，亦是伟大的精神智库和美学资源。当然，这一切一切，皆源于水之流性。水滞则为液，"液体"和"河流"——多么截然不同的存在。现代社会，鲜见的是清流，残剩的是浊液，他们用了个词，叫水资源，所谓的水危机，也仅指液体之枯，而非清流之萎。

流水载物，古人深谙此道，然其所为，只是泛舟履波，现代人不同了，他们想让所有的垃圾和排泄物都搭乘这趟免费公交。

水，终于盛不下、载不动了，气喘吁吁，奄奄岌岌。

江河世纪，正走向液体时代。

不错，女子乃水做的骨肉，但这水一定是流水，而非滞液。

"逝者如斯"，不逝，孔子怀里那块伟大的表还走得动吗？

"曲水流觞"，没有溪云梅影，人生的朦醉诗意何处觅寻？

若无流水可绕、可沐、可亲，人生该多么刻板，心灵该多么黯然，爱情该多么乏津。

问君能有几多愁？恰似一江春水向东流……

古之贞女洁士，多有葬水情结。舜帝南巡驾崩，娥皇、女英二妃殉伴湘江；杜十娘伤恸难付，纵身仆水；拒垢避辱，柳如是邀夫共赴瑶池……再如屈原、王国维，皆选择了娶水为棺、魂宿大泽。

在诸君眼里，水似乎比青山更值得托付，为何？除了水的洗刷之意与心境相合，也可见他们对水品的一贯信任吧。至少据其经验，水有个好名声，清白干净，不会脏了身子。

若换了现在，我想他们会集体变卦。

往现代水沟里跳，是很难堪很蒙羞的事。

4

我有个观点：对大自然来说，一切"原配"都是最好的，也是最富饶、最完善的，无论山壑泉林、花草鸟兽、河泽湖海……

古语的"江"字，即长远之意。我想，造物主抟人之初，大概是想好了让那些精心置办的"原配"——以不动产名义荫佑苍生的吧。今天，若老人家来个回访，必大惊失色，自个儿的家业竟如此不经折腾！

晚清有个叫魏源的大知识分子，算是现代启蒙的先驱，面对日益萎缩的洞庭湖，哀鸣道——

"气蒸云梦泽何在？波撼岳阳城已殊；无复波涛八百里，唯余洲土半分潴。放歌高论惭先哲，围垦拦河愧后愚；愿睹沧桑重变易，还川有日更还湖。"

他为岳阳城失去的"原配"哭泣、悲愤、招魂。

是啊，就像去拜访一对伉俪，一路上忆着对方当年的恩爱，忆着庭院里的盈盈笑语，谁知开门的竟是一陌生女，老友已更弦另续。

那美好岁月中的原配，那青春旧影里的女子，飘零何处了呢？

2009 年

耳根的清静

提　要

　　耳朵就像个旅馆，熙熙攘攘，谁都可以来住，且是不邀而至、猝不及防的那种。

　　其实，它最想念的房客有两位：一是寂静，一是音乐。

　　是的，你必须承认，世界已把"寂静"弄丢了。

　　是的，你必须承认，耳朵失去了最伟大的爱情。

　　我听不见花开的声音，只听见耳朵的惨叫。

这个崇尚肉体的时代，竟从未想过要为耳朵做点什么。所有感官中，它被损害的程度最深。

——题记

从前，人的耳朵里住过一位伟大的房客：寂静。

"长安一片月，万户捣衣声。"（李白）

"雨中山果落，灯下草虫鸣。"（王维）

"鸟宿池边树，僧敲月下门。"（贾岛）

在我眼里，古诗中最好的句子，所言之物皆为"静"。读它时，你会觉得全世界一片清寂，心境安谧至极，连发丝坠地都听得见。

古人真有耳福啊。

耳朵就像个旅馆，熙熙攘攘，谁都可以来住，且是不邀而至、猝不及防的那种。

其实，它最想念的房客有两位：一是寂静，一是音乐。

我一直认为，在上苍给人类原配的生存元素和美学资源中，"寂静"，乃最贵重的成分之一。音乐未诞生前，它是耳朵最大的福祉，也是唯一的爱情。

并非无声才叫寂静，深巷夜更、月落乌啼、雨滴石阶、远寺钟声……寂静之音，更显清幽，更让人神思旷远。所谓美景，除了悦目，更要养耳。对人间天籁，明人陈继儒数道："论声之韵者，曰溪声、涧声、竹声、松声、山禽声、幽壑声、芭蕉雨声、落花声，皆天地之清籁，诗坛之鼓吹也。然销魂之听，当以卖花声为第一。"（《小窗幽记》）

卖花声为第一。

儿时，逢夜醒，耳朵里就会蹑手蹑脚溜进一个声音，心神即被它拐走了：厅堂有一盏木壳挂钟，叮当叮当，永不疲倦……那钟摆声静极了，全世界似乎只剩下它，我一边默默帮它计数，一、二、三……一边想象有个孩子骑在上面荡秋千，冷不丁，会想起老师说的"一寸光阴一寸金"，这叮当声，就是光阴，就是金子吧。

回头想，那会儿的夜真静啊，童年的耳朵真有福。

多年后，读"湖上笠翁"李渔的《闲情偶寄》，谈到睡，他说："睡必先择地，地之善者有二：曰静，曰凉。不静之地，只睡目不睡耳，耳目两岐，岂安身之善策乎？"

古人以睡养生，睡之有三：睡目、睡耳、睡心。睡之第一要素，静也。

为求静，那些神仙级的古人还有游觅"安榻"的风尚，即四处找地儿睡，比如林泉石畔、幽篁深处、芭蕉叶下、星河舟篷……总之，往"静"上添更多的意境。以古天地之清宁，还环肥燕瘦地挑拣，真奢侈啊。试看当下星级酒店，哪个在"静"上达标？

今天，吾辈耳朵里住着哪些房客呢？

刹车、喇叭、拆迁、施工、装修、铁轨震荡、机翼呼啸、高架桥轰鸣……它们有个集体注册名：喧嚣。这是时代对耳朵的围剿，你无处躲，捂耳也没用。

耳朵，从未遭遇这般黑压压、强悍而傲慢的敌人，我们从未以这么恶劣和屈辱的条件要求耳朵服帖。机械统治的年代，它粗大的喉结，只会发出尖厉的啸音，像磨砂，像钝器从玻璃上狠狠划过。

我们拿什么抵御噪声的进攻呢？

耳塞？夹层玻璃？隔音墙？……当然，还有麻木与迟钝，有个词叫"失聪"，即该状态吧。偶尔夜宿山里或野村，却翻来覆去睡不着，那份静太陌生、太异常了，受虐惯了的耳朵不适应这犒赏。

人体感官里，耳朵最被动、最无辜、最脆弱。它门户大开，不上锁，不设防，不像眼睛嘴巴可随意关闭。它永远露天，只有义务，没有权利。

其实，耳朵也是一副心灵器官。人之烦躁和焦虑，多与耳有关，故医学上有音乐疗法。

但，耳朵总要反抗点什么，其反抗即生病，失眠、憔悴、抑郁……科学家做过研究：马路两边，噪声污染越重，树越无精打采，枝头耷拉，叶子萎靡，俨然惊恐的孩子。和人一样，树是有情绪的，是长耳朵的。

为抚慰可怜的耳朵，我淘过一张 CD，叫《阿尔卑斯山林》，里面是纯粹的自然之声：晨曲、溪流、雀啾、山风、松涛、光照、万物生长……买回来的那个下午，我急急关好门窗，打开音响，一个人浸泡到傍晚。

那个下午，我和耳朵一起私奔，奔向着遥远的阿尔卑斯。

弥漫山林的，无论什么声响，都是"静"。久违的静，亘古的静，伟大的静。我给耳朵美滋滋过了个节。

此后，我多了个习惯，一有机会，便录下大自然的天籁：秋夜虫鸣、夏塘蛙鼓、雨打梧叶、南归雁声，曙光里的雀欢、黄叶沙沙的行走……我在储粮，以备饥荒。

我对朋友说，现代人的特征是：溺爱嘴巴，宠幸眼睛，虐待耳朵。

不是吗？论吃喝，我们食不厌精、脍不厌细。视觉上，美色、服饰、花草、橱窗、霓虹，所有的时尚宣言和空间打造无不在"色相"上下功夫。

口福和眼福俱饱矣，耳福呢？

无一城市致力于"音容"，无一居屋以"寂静"命名。

我们几乎满足了肉体的所有部位，唯独冷遇了耳朵。

甚至连冷遇都不算，是折磨，是羞辱。

做一只现代耳朵真太不幸了，古人枉造了"悦耳"一词，对不起，我们更多的是"虐耳"。

"花开的声音"，一直，我视其为一个修辞，直到遇一画家，她说童年在东北老家，夏日暴雨后，她去坡上挖野菜，总能听见格桑花爆绽的声音，四下里噼噼啪啪地响……

我深信她没听错，那不是幻觉或诗心泛滥，我深信那片野地的静，那个年代的静，还有少女耳膜的清澈，我深信，一个野菜喂大的孩子，大自然会向她无限地敞开。

我们听不见，或难以置信，是因为失聪日久，生了耳茧。

是的，你须承认，世界已把寂静——这大自然的"原配"，给弄丢了。

是的，你须承认，耳朵——失去了最伟大的爱情。

我听不见花开的声音。

我只听见耳朵的惨叫。

2009 年

蟋蟀入我床下

——纪念虫鸣文化

提　要

虫声制造凉意，你会倏地一惊，身体收紧，接着，某些东西开始苏醒。你会清晰地意识到生命进度，触到某个不易觉察的部位和愿望……

夜晚，虫子在吹口哨。而世间，人在大声争吵，乃至什么也听不见。

——题记

1

"蟋蟀在堂，岁聿其莫。今我不乐，日月其除。"

《诗经》无处不充满对光阴的警觉与热爱，提醒同胞惜时和勤勉，比如这首《唐风·蟋蟀》，即在冲人喊：蟋蟀已跑你屋里了，天凉好个秋，赶紧寻乐吧，别磨磨蹭蹭啊。

蟋蟀躯微，入室难见，但可聆察。所以，虫鸣的意义在于醒耳，耳醒则心苏。

在我眼里，史上最伟大的田园诗要属《豳风·七月》，它不仅是一年农事的全景画，且是一部旷野奏鸣曲。除了天上飞的——"春日载阳，有鸣仓庚（黄莺）""五月鸣蜩（蝉）""七月鸣鵙（伯劳鸟）"，我尤喜地上的那一小节："五月斯螽动股，六月莎鸡振羽。七月在野，八月在宇，九月在户，十月蟋蟀入我床下。"

在音乐未诞生前，世上最美妙的动静，竟是从虫肚子里发出的。

小小软腹，竟藏得下一把乐器。

喊喊，嗞嗞，瞿瞿，唧唧，聒聒，哝哝……

自然音律里，虫声最难绘，但各种象声词还是纷纷扬扬。

古人不仅崇拜光阴，更擅以自然微象提醒时序，每一季都有各自的风物标志。

秋呢？谁是它的形象大使和新闻发言人？

"以鸟鸣春，以雷鸣夏，以虫鸣秋，以风鸣冬"（韩愈）。该说法基本权威，古人鸣秋，借助最多的即虫，"梧桐飘落叶，秋虫情更痴"，秋风萧瑟时，虫儿是旷野最生动的音符。

虫族中，名声大的有蟋蟀、蝈蝈、油葫芦、金铃子，我儿时亲近过前两位，喂之辣椒、葱头。记得写"蟋蟀"二字，怎么也写不对，直恨这字儿咋长那么多条腿呢。除"蛐蛐"，蟋蟀还有个别称：促织。原因是农妇一听到它，即知天要变凉，得赶紧织布缝衣了，故民谚说：促织鸣，懒妇惊。

2

若以性情论四季，我以为春烂漫、夏聒烈、秋清幽、冬肃沉。

我最喜秋。秋让生命知觉最机敏、心灵层次最丰富、想象力最驰远……让人有和自己对话的冲动。

为何？大概因为静。

秋之静，有虫语之功。秋收后，天空疏阔，旷野清朗，突然，丝丝缕缕、高高低低的"瞿瞿""唧唧"飘来（这时，很像发生了一件事，有人将手指竖立唇边，轻嘘一声），天地便一下子静了，一年的喧哗都涤散了，荡远了。

虫声制造凉意，你会倏地一惊，身体收紧，接着，某些东西开始苏醒。你会清晰地意识到生命进度，触到某个不易觉察的部位和愿望……

儿时，虫比声更诱惑我，虫声在我听来也总是欢悦、热闹的。而立后，我才品出它的清冷，它的沁凉，才领会了那些引虫入诗的古人心境——

"喓喓草虫，趯趯阜螽。未见君子，忧心忡忡。"(《诗经·召南》)

"秋月斜明虚白堂，寒蛩唧唧树苍苍。"(李郢)

"大火流兮草虫鸣，繁霜降兮草木零。秋为期兮时已征，思美人兮愁屏营。"(张衡)

"秋风袅袅入曲房，罗帐含月思心伤。蟋蟀夜鸣断人肠，长夜思君心飞扬。"(汤惠休)

淅淅沥沥之鸣，怎能不勾起思情离愁？

3

论精神线条和心灵耳朵，古人比今人要敏细、精巧得多，后者太糙太钝了。试问，我们能识几种虫语？谁配做一只蟋蟀的知音？

明人袁宏道在《蓄促织》中论虫语之异：蝈蝈"音声与促织相似，而清越过之……凄声彻夜，酸楚异常，俗耳为之一清"。金钟儿"如金玉中出，温和亮彻，听之令人气平……见暗则鸣，遇明则止"。

虫微弱，和鸟兽的张扬不同，其性谦怯，其态隐忍，故生命触须极细，对时令、天气、晨暮、地形的体察极敏，这也是其声之澈、之幽、之邃的原因。所以，凡悟其语、知其音者，耳根须异常清静，心灵须有丰富的褶皱与纹理，方能共鸣。

梅妻鹤子，鬼兄仙友，在道法自然上，古人真是身体力行。

他们比今人性灵、通彻、烂漫，所以能出公冶长那般通鸟语者，恐怕这也是古典文学出没灵异精怪的原因。他们走得远，走得幽，一个人敢往草木深处闯，所遇蹊跷和神奇也就多。

几千年来，古人的生活美学和精神空间里，虫鸣文化一直是重要组成。

和"天人合一"的心旨有关，也与大自然元素的完整性和纯净度有关。

说到这儿，忽想起一档天敌游戏来。儿时，有一副"鸡、虎、虫、棒"的斗牌，现在想，后人无论如何发明不出这玩法了，因为世界的元素变了，常识也变了。不信你看：野生虎儿近灭绝了吧？那"虎吃鸡"在经验上即消亡了；而对笼养鸡来说，"鸡食虫"岂非白日梦？一旦虫被农药给灭了，那"虫咬棒"又从何谈起？几条生物链都断了，现代视野里只剩棒和鸡，没的玩了。

大自然的完整性一旦受伤，古老游戏的内在逻辑就撑不住了。

4

对古人心境而言，虫鸣是一位如约而至、翩然而降的房客。

娉娉、袅袅、衣冠楚楚、玉树临风……略含忧郁，但不失笑容与暖意。尤其在百姓和孩童耳朵里，那分明是高亢的快活。

"怀之入茶肆，炫彼养虫儿""燕都擅巧术，能使节令移，瓦盎植虫种，天寒乃蕃滋"……在《锦灰堆》书里，大玩家王世襄忆述了亲历的京城虫戏，从收虫、养虫到听虫，从钵罐到葫芦的构造制式，淋漓详尽。

为挽续虫语，古人从唐代开始宠虫，"每至秋时，宫中妃姜辈，以小金笼捉蟋蟀闭于笼子，置之枕函畔，夜听其声，庶民之家皆效也"（《开元天宝遗事》）。经一路研习，蓄虫术愈发精湛，学得孵化后，虫声即从秋听到冬，听到过年了。

古人会享受，擅享受，懂享受。

想想吧，大雪凌卷、风号凛冽，而斗室旮旯里，清越之声蓦起，恍若移步瓜棚豆架……而且此天籁，皆取材于大自然，几尾草虫、半盏泥盆、一串葫芦，即大功告成，成本极低。

有句俗话，叫"入葫听叫"。

太美了，真是点睛之笔啊，正可谓一葫一世界、一虫一神仙。你看，秋虫和葫芦，动静搭配，皆出身草木，多像一副妙联的上下句。

虫声高涨，带动了它的商品房——葫芦业。清咸丰年间，有河北三河县[1]人，别号"三河刘"，他种造的葫芦，音效特好，至今为收藏界念叨。过去的北京琉璃厂，一度虫鸣沸腾、葫芦满街，有位叫张连桐的人，也是养葫高手。

那年逛地坛庙会，我购得一玩意儿：一对乌色的草编蟋蟀，翘翅攀在半盏束腰葫芦上，神态警觉，栩栩如生。作者亦有来头，裕庸老先生，1943年生，满族正黄旗，爱新觉罗氏，曾拜师北派的齐玉山、南派的毅正文，被誉为京城最后的草编大师。

至今，它仍摆我书案上。冷不丁搭一眼，心头滑过一句"雨中山果落，灯下草虫鸣"，或"竹深树密虫鸣处，时有微凉不是风"，甚是惬意。

5

现代市井中，知音秋虫者，寥寥无几。

王世襄先生乃其一。这位大爱大痴的老人，那种蚂蚁般的天真，

---

1 今为三河市。

那种对幼小和细微的孜孜求好，那种茂盛的草木情怀和体量……

他在《锦灰堆》里回忆的那番青春好风光，乃养虫人最后的黄金岁月，亦是虫鸣文化的绝唱和挽歌。

此后，水土、心性、耳根、居境、世风……皆不适宜了。

空间越来越只为人服务，环境侍奉的对象、生态标准的主体，都是人。比如水污、地污、光污、音污，比如农药、化肥、除草剂，其量于人不足致命，于虫则不然，它们清洁成癖，体卑命薄，一点微毒即令之断子绝孙。

古时秋日，不闻虫语是难以想象的。那是耳朵渎职，是心性失察，是人生事故。足以让人惊悸、懊恼，羞愧难当。

可当今，一年到头，除了人间争吵和汽车喇叭，我们什么也听不见。

或许耳朵失聪，或许虫儿被惊跑了，躲得远远的了吧。

总之，不再与人共舞，不再与人同眠。

"七月在野，八月在宇……十月蟋蟀入我床下。"

何年何夕，那尾童年的蟋蟀，能再赴我枕畔窃窃私语呢？

2009 年

荒野的消逝（节选）

——兼致"哥本哈根"气候大会上的哭泣

提 要

21世纪的人类，正越来越深陷这样的处境：我们只生活在自己的成就里。

是的，我们正不断用自己的成就杀害大自然的成就。

人类也许还有一种成就的可能，亦堪称最高成就：保卫大自然成就的成就！

只是，留给人类建功的机会和时日，恐怕不多了。

我们没有创造这个世界，我们正忙于削弱它。

我们需要找到如何使我们自己变得小一些、不再是世界中心的办法。

——比尔·麦克基本

1

早上跑步，遇到件有趣的事：园子深处有一条僻径，两畔是大树和灌丛，我跑过去时，一切正常，可原路折返时，忽眼前一闪，一条亮晶晶的丝线拦住去路，我呆住，一只大蜘蛛正手忙脚乱，原来，趁我来去的间隙，它已在两棵树之间设下埋伏。我不敢惊扰这桩阴谋，在欣赏够了这个自以为是的家伙后，我吹起口哨，绕道而行。

这给了我一天的兴奋。此后，我热爱起这个园子——此前我并不欣赏它过度修饰和文明的外表。因为在那种整齐的美之下，仍活跃着一股野性的能量，使之每个瞬间都充满未知、偶然和动荡，尽管微弱，但在我心里，它已扭转了这园子的气质。

显然，上述快乐并非源于邂逅蜘蛛，而是一份叫"野"的元素给的。这份"野"，代表着一种蛰伏了亿万年的原始力量和生物激情，它在文明之外，在"时代""社会"等概念之外。我亢奋的秘密在于：我撞上了大自然的力。蜘蛛要俘获的不是我，但等来的是我，在其眼里，我与之是平等的生物——荒野的成员，我为突如其来的"平等"所晕眩……我被蜘蛛的逻辑粘住了，我被它邀请了并一视同仁，它奖励了我一个古老身份，一个和文明无关的洪荒身份……这是值得大声欢呼的。

2

这场遭遇激起了我对"野性"的遐想。

何谓野性呢？何以人们一边决绝地清剿着身边最后一抹野趣，一边又憧憬着"可可西里""罗布泊"式的荒凉？

美国环境学家霍尔姆斯·罗尔斯顿说："每一条河流，每一只海鸥，都是一次性的事件，其发生由多种力、规律与偶然因素确定……例如，一只小郊狼蓄势要扑向一只松鼠时，一块岩石因冰冻膨胀而松动，并滚下山坡，这分散了狼的注意力，也使猎物警觉，于是松鼠跑掉了……这些原本无关的元素撞到一起，便显示出一种野性。"我觉得，这是对野性最好的诠释了。野性之美，即大自然的原创之美，那种动态、偶发、未知、瞬息万变之美，它运用的是自己的逻辑，显示的是蓬勃的本能，是不受控制和未驯化的原始力量，它超越人的意志和想象，位于人类经验和能力之外。

在北京，有一些著名的植物景点，像香山红叶、玉渊潭樱花、北海的莲池、钓鱼台的银杏……每年的某个时节，媒体都要扮演花媒的角色，除渲染对方的妖娆，并告知寻芳的日历、路线、方案等细节。比如春天，玉渊潭官网的访问量就会激增，关于早、中、晚樱的花讯，像天气预报一样准确、及时。美则美矣，但规定时间、规定地点的计划内绽放，再加上门票预约、参观时段等人控环节，使得一切酷似一场演出。

这是典型的种植型风景，本质上和庄稼、高楼大厦一样，属人类的约定产品，乃劳动成果之一。它企图明晰、排斥意外、追求秩序，如玉渊潭樱树，每一株都被编了号，依品种、花期、色系、比例，分配以特定区域、岗位和功能。

而荒野的最大特征，即独立于人的意志之外，它和文明无关。

有一次，参与一档电视旅行节目，用我的话说，这是一个逃离都市的精神私奔者的故事。其中一期是云南，有一镜头：主持人在路边摘了一朵花，兴奋地喊：野玫瑰！我说：你若能发现一朵"不知名的花"就好了。说白了，一个带观众去远方的背包客，我希望她走得再狂野和不规则一些，能采到大自然的一点野性，能邂逅更多的未知与陌生，如此，才堪称"在那遥远的地方"。远方的魅力和诱惑，即在于其美学方向和都市经验之相反，而玫瑰一词，文气太重，有香水味，顶多会让我想起情人节或酒吧，它甚至扼杀想象。

3

我们眼中的"世界"是个什么样子呢？

对一普通人来说，环绕身边的，几乎全是人类自己的成就：城乡、街巷、交通、社区、学校、银行、医院、商场、法规、伦理、习俗……其实，世上还有一种成就，即"大自然的成就"：山海、江湖、草原、沙漠、冰川、生物、森林、矿藏、气候，乃至人本身亦是大自然的成就之一。遗憾的是，21世纪的人类，正越来越深陷这样的处境：我们只生活在自己的成就里。

这一点，留意下身边即可证实，除了农田和牧场，几乎所有平地都像书封一样被覆了膜，或水泥或沥青或瓷砖，在都市小区，你几乎凑不齐一盆养花的泥土，除了专职绿地，连一片自由呼吸的裸土都难找。这些年，蝉鸣稀疏，即因大地被封死了，蝉蛹无穴可居，无地气可养。原生态的自然初象，在人类的主流栖息区，已难觅踪迹。我们似乎很难遏制这样的欲望：在所有的自然成就之上——覆盖以人类自己的成就！就像小孩子在岩石或树身上刻名字，比如乐山大佛、龙门石窟、泰山摩崖，比如高山索道、观光缆车、山上的亭台楼阁……其实人类清楚，唯大自然才是永恒的，所以凿山劈岩、以石塑身，借大自然成就——彰显自己的事迹和功名。再比如发生在长江、雅鲁藏布江、喜马拉雅山，甚至南北极的很多工程……无非是在"鬼斧神工"上加一把人类自己的斧子。

我们似乎坚定地以为，所有的自然成就皆为人类成就的基础原料，皆为人类生产力的试验场。如今，绝大多数动物，已进入人类——这种特殊动物的笼子或牧栏里，唯极少幸运者，仍散落在纯粹的大自然成就里，而后者正愈发凋零，逃往极度虚弱的边缘。"可可西里"即一个招魂的象征，它意味着远方、美丽和寂静，也意味着孤独、诀别与尾声。

是的，我们正不断用自己的成就杀害大自然的成就。

是的，人类也许还有一种成就的可能，亦堪称最高成就：保卫大自然成就的成就！

只是，留给人类建功的机会和时日，恐怕不多了。

4

"飓风、雷暴和大雨已不再是上帝的行动，而是我们的行动。"（比尔·麦克基本《自然的终结》）

有则电视广告，主角是一只快被淹死的北极熊。北极熊会溺水？是，因为无冰层可攀了，再过几十年，北冰洋将只剩下水，无情之水。科学家预测，按现今温室速度，乞力马扎罗山的雪将在十几年后消逝，对这座几乎躺在赤道上的"非洲屋脊"来说，那抹白色头巾不仅是"在野"之美，也是神性的象征。2009年10月17日，印度洋岛国马尔代夫上演了一场被称为"政治行为艺术"的悲情剧：总统纳希德和14名内阁部长佩戴呼吸器，在6米深的海底举行了一次内阁会议。研究称，若全球变暖趋势不减，本世纪内，这个由1192座小岛组成的国家将被海水淹没。一个月后，喜马拉雅山也上演了类似一幕：尼泊尔总理与20多名内阁成员，戴着氧气罩，空降在海拔5242米的珠穆朗玛峰地区，不远处，正是各国登山者冲击峰顶的大本营。而几天后，在丹麦哥本哈根，在这届被称作"拯救人类最后机会"的全球气候大会上，一位斐济女代表在发言中失声痛哭，她的家乡，那个以碧海蓝天和棕榈椰树闻名的岛国，正岌岌可危……

这些都是人类成就杀死自然成就的显赫案例，而更隐蔽的常态，是每天发生在眼皮底下的细节：萎缩的湖泊、消失的支流、荡平的丛林、采减的山体、人工降雨和催雪、被篡改结构和成分的土壤、分秒消逝的物种……就在人们热望大熊猫、藏羚羊这些明星动物时，大量鲜为人知的生命体，正黯淡陨落。若有上帝，恐怕每天忙于一件事：为灭绝物种敲响丧钟。

其实，在情感和审美上，现代人并非歧视自然成就，恰恰相反，人们酷爱大自然，像张家界的旅游口号即"来到张家界，回归大自然"，我们通常把离开自己的成就去拜谒大自然的成就，叫作"旅游"。对于荒野，大家更是心仪，那么多人被野外观鸟、西域跋涉、极地探险、尼斯湖怪兽、神农架野人……搞得神魂颠倒，这说明，在审美上，人们不仅消费荒野，还憧憬荒野。

只是人类的另一种能量——物质和经济欲望、征服和掘取欲望、创造历史的欲望、无限消费和穷尽一切的欲望，太强烈太旺盛了。这导致人们一边争宠最后的野地，一边做着拓荒的技术准备；一面献上颂歌和赞美诗，一面欲罢不能地磨刀霍霍。

比尔·麦克基本在《自然的终结》中说："我们作为一种独立的力量已经终结了自然，从每一立方米的空气、温度计的每一次上升中都可找到我们的欲求、习惯和贪婪。"

5

在世俗辞典中，"野地"一直被视为生产力的死角和"文明"的敌对面。的确，肉眼望去，野地杂乱无章，不承载任何生计资源和经济利益，故人们一有机会即铲除它，像一个农民，瞅见庄稼地里有杂草即心有不适，欲除之而后快，这堪称"文明的洁癖"。该洁癖之后果，即我们的生活视线内，尽可有精致的绿地、苗圃、花园，却不容忍一块天然野地。

"人们常常将土地和野地混为一谈。土地是玉米、冲蚀沟和抵押生长的地方，而野地是自然的性格，是自然的泥土、生命和天气的集体和声。野地不识抵押，不识各种机构……贫瘠的土地可能是富足的野地，只有经济学家才会将物质的丰饶等同于富足。"（阿尔多·李奥帕德《沙郡年记》）

是啊，该换一种更辽阔更积极的眼光看野地了。

当然，野地应有它正确的位置，尽量不要与环境美学和人类的文明体系相冲突。比如，若京城的中央商务区故意留一块野地，我想，连最极端的绿色主义者都不会赞成，因为没有功能和意义。但若它出现在京郊的密云、怀柔或延庆，那价值可能性就有了。

6

我以为，野地有两种："乡野"和"荒野"。

那种小额的、与文明为邻、可接纳人类考察和访问的野地，可谓"乡野"。乡野有个重要的美学功能，即它可成为城市文明的镜像——就像一个异性伙伴，作为距人类成就最近的自然成就，它能给人带来异体的温暖、野性的愉悦、艺术激励乃至哲学影响。

"这些山脉的能量不仅流注到我们的物质生命中，也流注到我们的精神生命里。这湖边的荒野上，既有我的孤独，也有我与自然的互补。个人在荒野中最负责任的做法，是对荒野怀有一种感激之心。"（霍尔姆斯·罗尔斯顿）

"我们生于一个野蛮、残忍，同时又极美的世界。我珍视这样的渴望，即有意义的成分将居主导，并取得胜利……有这么多东西满溢我的心：草木、鸟兽、云彩、白昼与黑夜，还有人内心的永恒。我越对自己感到不确定，越有一种跟万物亲近的感觉。"

（卡尔·荣格）

我想，这种"跟万物亲近的感觉"，即重新确认自己属于大自然——把自己送回去，把精神和骨肉送回大地子宫，以唤醒生命的本来面目和自然身份——进而与宇宙团聚的感觉。相反，一味推崇人的社会属性和文明高位，犹如无本之木、无源之水，会导致生命与母体在灵魂上失散、与万物在精神上脱钩。

那么，何谓"荒野"呢？

荒野是一片广袤的独立于文明之外、有洪荒和永恒品格的处女地。那是纯粹的自然成就，人类尚未染指，其基本形态和内在逻辑与亿万年前没甚区别。在人类语境里，它有一个略带贬义的称呼："无人区"。文明诞生前，世界皆荒野，猿祖仅是寄生其中的普通一员，和草丛中的蚂蚱无异，直到人类身份确立，开始了拓荒运动，荒野才有了独立含义，并作为"文明"的对立价值和反向力量而存在。如果说荒野是人类的故乡，那生产力文明则是荒野的天敌，正是它所代表的人类利益，不断围剿和削减着荒野，将之推向遥远天际，推向落日的地平线。

荒野乃排斥"人间"的一个词。它有着洪荒的寂静与安详，代表着造物主原配的秩序，运行着史前的逻辑和原理。它拒绝道路，拒绝时间和语言，拒绝领土概念和归属之争，拒绝疆界、民族和政治（若人类不打算剥削它，其政治归属就毫无意义。"版图""领土"等词汇只对占领和统治等功利欲望才有价值，纯正的大自然则无视这些，就像一只海鸥和鲸鱼不会有国籍）……它拒绝一切文明的因子，只承接人类的想象、暗恋或敌视。连"可可西里"都算不上纯粹的荒野，因为在那儿，正频繁出没着它的破坏力量和保卫力量——严格地讲，保卫者也是其入侵者。

正像霍尔姆斯·罗尔斯顿所说："荒野中没有英语或德语，没有文学或交谈……既没有资本主义也没有社会主义，既没有民主也没有君主专制。荒野中无所谓诚实、公正、怜悯或义务。荒野中也没有什么人类资源，因为资源像靶子或害虫一样，只有当人们某种兴趣被唤起时才存在。"

7

荒野如此独立，执行着如此自我和内在的尺度，对人类又这般冷漠，那它还有积极的价值和意义吗？

当然有，它保留着地球亿万年的密码、基因和神奇，它是一切生命的图腾和母巢，它存在的合理性远大于我们和我们的想象。

试听一下罗尔斯顿的声音吧——

"这里有光与黑暗、生与死。这里有几乎永恒的时间，有存在了20亿年的一种遗传语言。这里有能量与生物进化……这里有肌肉和脂肪、神经和汗水、规律与形式、结构与过程、美丽与聪明、和谐与庄严……荒野是生命最原初的基础，是生命最原初的动力。"

这是个浪漫的回答。也只有这种浪漫，才配得上回答，才敢于和能够回答。这是实用主义和技术主义难以理解的。罗尔斯顿使用的是一种突破人类边界的"大地伦理"——它不再以人类利益和价值观为尺度，不再考虑人类得失，不再引入争议和谈判，甚至不再运用证据和知识，或者说，它认为荒野乃上天之物，有着天经地义的神性价值和自在意义。

爱德华·阿贝说："你可以认为地球是为你和你的快乐准备的，但若连沙漠也是你的，它为何只备很少的一点水？"人们常悲愤地究问为何一些王朝和古堡在沙漠里悄然蒸发了？其实真相并不神秘，只需请教一下那些土著——比如胡杨树和骆驼刺即可。像人这样大消耗量的种群，之于资源匮乏的沙漠，本身即负重超载，沙漠并不支持其大额存在。任何部族的消亡都死于自身的迷途和误入，无论它怎样一度兴旺，也只是错觉，它已透支了未来。

在这个世界上，有些资源并非供人消费的，也无须人类命名和确认。像日月星辰一样，它们有自在的意义、目标和使命。人最恰当的态度，就是以远眺的方式保持敬畏和憧憬，而人唯一获得的，就是一片原始圣地在内心激起的美好情愫和宗教暖意。

8

按有限消费与合理需求的原则，人类的"拓荒时代"早该结束了，早该进入"护荒时代"和"崇荒时代"——即以捍卫自然成就为自身成就的时代。

晚了吗？

是，有点晚。

因为我们不仅超额完成了"拓荒"，还干起了"灭荒"的行径。

看看这个世界吧，人类并非将荒野放逐天涯即收手，而是赶尽杀绝，欲将整个地球包括大气层都变成沸腾的"人间"。也许我们并不想如此，但事实上正不折不扣地这么干。有探险者在沙漠中遇难了，我们在其倒下的地方竖一块碑，刻几行字，既表彰人类的勇敢，也算替同胞复仇——在我看来，这碑和一只乱扔的饮料瓶没甚区别，它们都侮辱并杀死了荒野的纯度。

眼皮底下，我们如火如荼的文明和蓝图，几乎消灭了所有的乡野。

而在远方，我们的征服欲、好奇心、成就感，正让荒野奄奄一息。

"如果一个国家毁灭了其98%的天然荒野，却还在打余下的2%的主意，在想这点荒野是否太多余了的话，那这个国家的价值观真是发疯了。"（霍尔姆斯·罗尔斯顿）

人类所有行动的出发点，皆在于把自己当成了地球唯一的合法业主，事实上，从大自然系统中抽身出来，封授自己至上的生存特权，这正是霸权和王权的表现。文明的悲剧，亦始于此。

9

再过几十年或上百年，纯粹的大自然成就还有吗？

若地球只剩下人类的成就，只剩下人类自己生儿育女，那一定是最卑劣的成就、最丑陋的儿女。

"我们不想牺牲天然的多样性以换取有序，不想以牺牲精彩的自然历史来换取系统性。我们要的是带有偶然性的恒常性。野性似乎有显得混乱，从而影响自然历史成就的危险，但这最后的荒野，恰恰增强了自然历史的成就，并给新的成就加上了一种兴奋。"（霍尔姆斯·罗尔斯顿）

说人类意识不到危机，是不公平的，但危机之下，那些僵持的谈判与激烈争吵又显得不可理喻。争吵的原因，不外乎地区私欲和政治博弈，不外乎资源的控制与瓜分、责任的推卸与转嫁。这些年来，从围绕《京都议定书》的种种扯皮、到"哥本哈根大会"面红耳赤的撕咬，都让人类的西装领带和所谓的"文明"蒙羞。

人类现在所干的一切，人类的挥霍标准，几乎是以一千个地球为库存假设和消耗前提的，但事实是：只有一个地球！

面对巨量物种的消逝，埃利希夫妇曾哀泣："地球是一艘由人类驾驶的飞船，物种是这艘船上的铆钉，使物种灭绝，犹如恶毒地把铆钉敲掉。"虽然我不同意"人类驾驶"之喻（我认为是造物主驾驶或无人驾驶），但地球万物同乘唯一的"生存共同体"和"命运共同体"，则是事实。不同的洲际、民族、国家，也许分处不同的舱室和床位，但船只有一艘，前途只有一个，任何只顾舱位不顾船体的私欲，都是愚蠢而可悲的。

20 年前，《自然的终结》一书的作者写道——

"如果有人对我说，2010 年世界将发生极其不幸的事，我会在表面上显示关切，而潜意识里把它撂到一边。"

10

很多时候，"野地"能提供生命的另一种向度、一种超越时空和经验的能量，那是一座寂静而安详之境，和亿万年前没大区别，越往深处体味，它对你的滋养和浸润越浓重，那种古老和原始带给你的震惊越大……当重返"人间"时，一个人的肉体和精神往往焕然一新。

1792年7月2日，黑格尔在给女友的信中说："我时常逃向大自然的怀抱，以便在这儿能使我跟别人——分离开来，从而在大自然庇护下，不受他们的影响，破除同他们的联系。"

黑格尔投奔的，无疑是"乡野"。

想想那样一幅画吧：在虫鸣草寂、树叶飒飒的空旷中，生命的原初感、清晨感、婴儿感——骤然睁眼，尘嚣被远远抛开，个体的独立、精神的自由、灵魂的纯真与谦卑——重新回归人体。无论沐浴感官，还是唤醒脑力，野地都是高能量的磁场。

想一想这些，或许，我们会对这世界更加热爱，对生活更加眷恋，会打消各种愤懑、狂妄、诅咒、绝望的念头吧。

想一想这些，我们会对宇宙有更虔诚的领悟，内心会进驻更多的光，会更好地理解时空、社会、文明、信仰、冲突，从而更好地设计和安置个体的人生，伟大而渺小、珍贵而卑微的一生。

缪尔说："走向外界，我发现，其实是走向内心。"

2009年12月

"乡下人"哪儿去了

提　要

多年后我突然明白，这就是乡下人。

来春见，来春见。

没有弯曲的心思，没有周密的防范，用最简单的约定，做最天真的生意。

他们把能省的全省了。

私以为，人间的味道有两种：一是草木味，一是荤腥味。

年代也分两款：乡村品格和城市品格。

乡村的年代，草木味浓郁；城市的年代，荤腥味呛鼻。

心灵也一样，乡村是素馅的，城市是肉馅的。

沈从文叹息：乡下人太少了。

是啊，他们哪儿去了呢？

何谓乡下人？显然非地理之意。说说我儿时的乡下。

70年代，随父母住在沂蒙山区一个公社，逢开春，山谷间就荡起"赊小鸡哎——赊——小鸡"的吆喝声，悠长、飘曳，似歌谣。所谓赊小鸡，即用先欠后还的方式买新孵的鸡崽，卖家是游贩，挑着箩筐翻山越岭，你赊几只鸡崽，他记在小本子上，来年开春他再来，你用新生蛋还账。当时，我小脑瓜还琢磨，你说，要是债主搬了家或死了，或那小本子丢了，咋办？

多年后我突然明白，这就是乡下人。

来春见，来春见。

没有弯曲的心思，没有周密的防范，用最简单的约定，做最天真的生意。

他们把能省的全省了。

原本只有"乡下人"。

"城市人"——这个新物种不知从哪儿冒了出来，他们擅算计、精谋略，每次打交道，乡下人总吃亏，于是，进城的人越来越多。

山劈成了石材、烧成了砖料，树削成了板块、熬成了纸浆……田野的膘，滚滚往城里流。

城市一天天肥起来，乡村一天天瘦下去，瘦瘦的，像秕糠。

城门内的，未必是城市人。

城市人，即高度交易化、以复杂和厚黑为能、以博弈和攻掠见长的人。

20 世纪前，虽早早有了城墙，有了集市，但城里人还是乡下人，骨子里仍漾着草木味儿。

古商铺，大清早就挂出两块招牌，一曰"童叟无欺"，一曰

"言不二价"。

一热一冷。我尤喜第二块的脾气，有点牛，但以货真价实自居。它严厉得让人信任，高冷得给人以安全感。

如今，大街上到处跌水促销、跳楼甩卖，到处喜笑颜开的优惠卡、打折券，反让人觉得笑里藏刀、不怀好意。

前者是草木味，后者是荤腥味。

老北京一酱肉铺子，号"月盛斋"，其"五香酱羊肉"，火了近200年。它有俩旧习：羊须是内蒙古草原的上等羊，每天仅炖两锅，售罄即收市。

某年，学者张中行去天津，路过杨村，闻一家糕点很有名，兴冲冲赶去，答无卖，为啥？没收上来好大米。先生纳闷，普通米不也成吗？伙计很干脆：不成，祖上有规矩。

我想，这规矩，这死心眼的犟，即"乡下人"的含义。

重温以上旧事，我闻到了一缕浓烈的草木香。

想想"乡下人"的绝迹，大概也就这几十年间的事吧。

盛夏之夜，我再也没遇见过萤火虫，也是近些年的事。

它们都哪儿去了呢？

北京国子监胡同，开了一家怀旧物件店，叫"失物招领"，名起得真好。

那些远去的草木，失踪的夏夜和萤火，又到哪儿招领呢？

我也幻想开间铺子，就叫"寻人启事"。

或许有一天，我正坐在铺子里昏昏欲睡，门帘一挑——

一位乡下人挑着担子走进来。

满筐的嘤嘤鸡崽。

2009 年

我是个移动硬盘

提　要

看那些人，那些手执一叠报纸、眼瞅手机屏、拎着电脑包、神情焦灼、行色匆匆的人……我觉得像极了一块块移动硬盘，两条腿的信息储存器。

我们被浩瀚信息所占领，成为它的奴婢，成为它永无休止的买家和订户。

何谓自由？

我觉得，即一个人能决定哪些事情和自己有关或无关。

你不敢不信，世上每条信息都关乎着你。

看那些人，那些手执一叠报纸、眼瞅手机屏、拎着电脑包、神情焦灼、行色匆匆的人……我觉得像极了一块块移动硬盘，两条腿的信息储存器。

大街上，地铁里，硬盘们飞快地移动，蚂蚁般接头，随时随地，进行着信息的传播和消费：搜索、交换、点击、复制、粘贴、删除、再点击。

浏览媒体，不是因为热爱新闻，除了借别人娱乐自己，最吸引我们的是政策信息、理财信息、事故信息、防骗信息，我们要知道世界复杂和惊险到了什么程度，又繁殖出了哪些新游戏，骗子的即时动态和战术特点，应对策略和自卫工具……每条信息我们都舍不得漏掉，生怕与自个儿有关，生怕麻烦找上门来。

我们被浩瀚信息所占领，成为它的奴婢，成为它永无休止的买家和订户。

我们不敢舍弃，不敢用减法，我们担心成不了一个合格的当下人。我们害怕吃亏，哪怕一丁点儿，害怕因无知而被时代除名，害怕在智商比拼、脑筋急转弯中败下阵来，我们害怕沦为社会攻略的牺牲品。要知道，这是一场智力博弈大赛，一场算计与被算计、榨取与被榨取的战争。有人在抵抗，有人在冲锋，有人喊缴枪不杀。剩下的空当，大伙在群议，在学习和演练，在道听途说、摩拳擦掌。

我们需要假定人性是恶的。

我们有无数敌人和假想敌，道高一尺魔高一丈，水涨船高，日新月异……你的信息系统要时时更新，防毒软件要天天升级。

楚歌险境，要求你全副武装，要求你全面专家化，用《辞海》般的知识量装备人生。咱们的导师就是食品专家、质检专家、防伪专家、理财专家、维权专家、犯罪学专家。不理睬，鄙夷人家的滔滔不绝，你即有沦为受害者之虞。

逢新政和条例出台，我们更不敢怠慢，要抢先熟悉规则，要在新格局中占据有利地形，至少不吃亏，免做"击鼓传花"的最后一环。

一个狩猎的时代，即使你不想当猎人和猎犬，即使你不习捕猎技术，也要苦练逃跑本领。《天龙八部》里的段誉，虽不懂搏击，但凭一套反迫害技能——"凌波微步"，竟也毫发无损。

信息像蛛网、像鼠群，人生像仓库。

空间被它霸占，时间被它噬碎，心力被它耗尽。

表面上，人人参与社会机器的庞大运转，但无一是主人，皆奴婢和下佣。我们越来越成为自己工具的工具了。

我们的课程太多，作业太重。

我们无休止地准备生活，而生活迟迟没有开始。

像一个永远留级的学生，换不来毕业，等不到卸下书包的那天。

现代人死于累，死于焦虑和心痛，死于童年的消逝。

谁设计了这样的生活？谁炮制了这样的共识？

想想古人，那会儿肉体和灵魂多轻盈啊。无论时间、空间、心境，都有辽阔的场子，都有足够的留白和僻静处。古代有个最大的亮点：它收养了一大帮精神松弛之人，比如真正的游手好闲者，真正的隐士和散人，且总有生动的山林，供之来去自如。

何谓自由？

我觉得，即一个人能决定哪些事和自己有关或无关。

2009 年

人生被猎物化

提 要

人人都是发明家、魔术师，人人被逼成了质检工、化验员。

这是一个人人成精的时代。

你不精，就会被妖精吃掉。

这不是生活，这只是紧张地准备生活。

生活和"准备生活"是两回事。

你说，那"人造鸡蛋"是咋整的？那烂皮鞋咋就煮成了胶囊和果冻？你说，谁第一个想起用甲醛喂海鲜的呢？你说，怎样让"王八"仔月长一年的个儿……他们咋就这么聪明、化学使得这么好呢？

人人都是发明家、魔术师，人人被逼成了质检工、化验员。

这是一个人人成精的时代。

你不精，就会被妖精吃掉。

想起了唐僧肉和《西游记》，里头最缺的是人，最盛的是妖。

人生，被猎物化，被拖进了丛林。

人人自危，人人忧愁，随时随地欲和全世界斗智斗勇。

人人过着一种防御性生活。人人都在挖掩体，筑工事，然后跳进去。

这种苦力，这种为假想敌实施的备战，让人生元气大损，精疲力竭。

这不是生活，这只是紧张地准备生活。

生活和准备生活是两回事。

不是肇事者，就是受害者和潜在受害者，无路可逃。

村里人在小河边琢磨红心鸭蛋。城里人在车间里配制婴儿奶粉。

皆绞尽脑汁，皆茅塞顿开，皆欲罢不能。

正像歌里唱的：大家一起来，一起来……

这是个怎样的循环？怎样的共同体？怎样的疯狂游戏？

我们的底线在哪儿？这筐还有底、还能盛东西吗？祖宗的"己所不欲，勿施于人"还有人听吗？

有谁暴喝一声"停"——让大家都收手？

想起电影里的一幕：彼此给对方酒里喂了毒，又笑盈盈举杯邀明月，自以为聪明，自以为笑到最后……

萨特有过一段意味深长的话："我们沉浸在其中。如果我说我们对它既是不能忍受的，同时又与它相处得不错，你会理解我的意思吗？"

你会理解我的意思吗？

2009 年

人是什么东西

提 要

他高居生物链之巅，不仅吞噬所有动植物，吞噬山川、江湖、森林，还吞噬石油、煤炭和大地所有窖藏。他通吃一切，包括自己。

告诉我，你吃的是什么东西，我就能告诉你，你究竟是什么东西。

——法布尔《昆虫记》

谁是真正的生产者？

植物。全世界的植物每天生产 4 亿吨蛋白质、碳水化合物和脂肪，释放 5 亿吨氧。

动物全是消费者。胃口小的属食草动物，几十平方米草可养活一窝兔子，一棵树能栖息一家松鼠。食肉动物的生存成本则高昂了，一只虎要消耗好几座山头，方圆几十公里内的肉量，才能填满它的胃。

那么，谁是最大消费者呢？

人。他鲸吞的是地球，排泄的乃垃圾山。

他高居生物链之巅，不仅吞噬所有动植物，吞噬山川、江湖、森林，还吞噬石油、煤炭和大地所有窖藏。他通吃一切，包括自己。

法布尔在《昆虫记》里写道："一位著名的研究食物的法国科学家说，告诉我，你吃的是什么东西，我就能告诉你，你究竟是什么东西。"

动物大都有固定食谱，松鼠吃坚果，熊猫吃竹子，考拉吃桉叶，蝙蝠吃蚊虫，蚯蚓吃腐质……许多儿歌和谜语正是照此逻辑创作的，比如幼儿园有堂课，叫《动物们的餐桌》，步骤如下：（1）小动物们来了，说说都有谁。（2）动物肚子饿了，请小朋友喂食。（3）说说分别给动物喂了什么食物。（4）看看哪个动物高兴，那个不开心，为什么？（5）小结：动物各有自己爱吃的食物。

专注、不乱吃，既是动物习性，也是动物美德和造物主的授意。唯此，大自然才确保稳定有序的资源分配体系，物种比例才合理，生态系统得以平衡。简言之，动物的嘴乱不得，一旦乱扑乱咬，世界就乱了。

这是大自然的规矩，是万世太平之道。

本来这一切早安排好了，物类各行其道、各享其食。

人类，尤其现代人登场了。他用锋利的爪和齿，用贪婪的欲望，将古老契约撕个粉碎。

汉字里，有个笔画繁复且丑陋的词：饕餮。

传说它是一种邪恶之兽，面目狰狞，性情凶残，脑袋两侧鼓一对肉翅，其最大特点即胃口好——"吃嘛嘛香"。

人和动物的最大差异是什么？

教科书上说，是直立行走和制造工具。谬矣，应该是：人什么都吃。

正像顺口溜所言："天上飞的除飞机不吃，水里游的除轮船不吃，地上跑的除汽车不吃，四条腿的除桌椅不吃，长羽毛的除掸子不吃……"

若有一日，外星人来地球，捕获一人，想据胃中之物验明其身，恐要目瞪口呆了：这个胃袋，堪称世界上最大的动物坟墓。

拿食物当试纸，这法子适用于另者，于人则失灵。人之腹欲无穷无尽，他在成员内部制造伦理和法律，繁衍制度与文明，于外则无所忌惮。其修养、品格只针对同胞关系，一旦越过物种边境，则骤然变脸，杀气腾腾。

人曾是大自然的一分子，一个卑微而纯朴的成员，现在造反成功，就像猴子蹦出石头，自诩齐天大圣，老子天下第一。

无法无天，乃世间最悲哀之事。

2009 年

第四辑
▼

生 活 美 学

在古代有几个熟人

提　要

越来越多的人，活得像一个人，像别人的替身。
越来越多的人生，像一场抄袭，像流水线产品。

可以想象，这位藏家在古代有多少熟客，其室
该是一间多么大的聚会厅，多少有意思的人济济一
堂，多少传奇故事居住其中。她怎么会孤独呢？
藏轴、藏卷、藏器、藏函……皆藏人也。皆对
先人的精神收藏，皆一段高山流水的友谊，皆一场
肌肤遥远却心灵偎依的恋爱。

朝市山林俱有事，今人忙处古人闲。

——（明）陈继儒

1

某日，做了个梦，被问道："古代你有熟人吗？"

我支支吾吾，窘急之下，醒了。

后来想，其实我是勉强能答出的。我把这话理解为：你常去哪些古人家里串门？

我的人选，可能会落在谢灵运、陶渊明、陆羽、张志和、陆龟蒙、苏东坡、蒲松龄、张岱、李渔，还有薛涛、鱼玄机、李清照、柳如是等人身上。缘由并非才华和成就，更非道德名声，而是情趣、心性和活法，正像那一串串别号，"烟波钓徒""江湖散人""蝶庵居士""湖上笠翁"……我尤羡那抹人生的江湖气和氤氲感，那缕菊蕊般的疏放、淡定、逍遥，那股稳稳当当的静气、闲气、散气（按《江湖散人传》说法，即"心散、意散、形散、神散"），还有其拥卧的茅舍菜畦、犬吠鸡鸣……白居易有首不太出名的诗，《访陈二》，其中说，"出去为朝客，归来是野人……此外皆闲事，时时访老陈。"老陈是谁？不知道。但我想，此公一定有意思，未必文墨同道，或是渔樵野叟，但必是生机勃勃、身藏大趣者，否则老白不会颠儿颠儿往那儿跑。这等朋友，最大魅力即灵魂上有一股酒意，与之相处，慵散而舒坦。

我青睐以上诸公，很有参考"老陈"的意思。说白点，是想邀其做我的人生邻居，那种鸡犬相闻、蹭酒讨茶的朋友。另外，我还可凑一旁看人家忙正事：张志和怎么泛舟闲钓，与颜真卿唱和《渔歌子》；陆龟蒙怎么扶犁担箕，赤脚在稻田里驱鼠；陶渊明怎么育菊酿酒，补他的破篱笆；李渔怎么鼓捣《芥子园画谱》，在胡同里造"半亩园"；张岱怎么茶淫橘虐、书蠹诗魔，又如何披发山林、梦寻西湖；浣花溪上的大美女，怎么与才子们飞花唱酬，如何发明人称"薛涛笺"的粉色小纸……

关于几位红颜，我之思慕，大概像金岳霖一生随林徽因搬家，灵魂结邻，身影往来，一间墙正适合。

2

我做电视新闻，即那种一睁眼就忙于和全世界接头、急急问"怎么了怎么了"的差事。我有个程序：下班后，在下行电梯门缓缓闭上的刹那——将办公室信息留在楼层里；回家路上，想象脑子里有块橡皮，它会把今天世界上的事全擦掉。我的床头，永远躺着远离时下的书，先人的、哲学的、民俗的、地理的，几本小说、诗歌和画谱……

我在家有个习惯，当心情低落时，即翻开几幅水墨，大声朗诵古诗，要么《渔歌子》："西塞山前白鹭飞，桃花流水鳜鱼肥。青箬笠，绿蓑衣，斜风细雨不须归。"要么陶公的"暖暖远人村，依依墟里烟。狗吠深巷中，鸡鸣桑树颠"。旁若无人状，学童一样亮开嗓子，片刻，身上便有了甜味和暖意。

我觉得，古诗中，这是最给人幸福感的几首，像葡萄酒巧克力。至少于我，于我的精神体质如此。

踱步于这样的时空，白天那个焦煳味的世界便远了，什么华尔街金融风暴、胡德堡美军枪击、巴格达街头爆炸、中国足坛赌球……皆恍如隔世了。

我需要一种平衡，一种对称的格局，像昼与夜、虚与实、快与慢、现实与梦游、勤奋和慵散……生活始终诱导我做一个有内心时空的人，一个立体和多维的人，一个胡思乱想、心荡神驰之人。而新闻，恰恰是我心性的天敌，它关注的乃当代截面上的事，最眼前和最峻急的事，永远是最新、最快、最理性。

我必须有两个世界，两张精神餐桌。否则会厌食，会饥饿，会憔悴，会憎恶自己。

我对单极的东西有呕吐感。

3

我察觉到这样的症状：今人的生命注意力，正最大化地滞留在当代截面上，像人质一样被扣压了，缚绑在电子钟上。

那些万众瞩目、沸煮天下的广场式新闻，那些"热辣""火爆""闪亮登场"的人和事，几乎洗劫了民间全部神经，瓜分了每个人每一天。今人的心灵和思绪，鲜有出局、走神和远走高飞者，鲜有离开当代地盘和大队人马而独自跋涉者，所有人都挤在大路上，涌向最人山人海的地点，都被分贝最高的声响所吸附。新闻节奏，正成为时代节奏，正成为社会步履和生活的心电图。人们已惯于用公共事件（尤其娱乐事件）来记录和注册岁月，比如春晚、奥运会、世界杯、某奖盛典，比如李宇春、张艺谋、"小沈阳"，比如《暗算》《潜伏》《蜗居》，它们已担负起"纪年"的光荣任务。再比如，某大导演拍一贺岁片，哪怕粗滥至极，也有人趋之若鹜，明明一张垃圾海报，但应召者并无怨言，为什么？因为消费什么不重要，重要的是行动，是众人拾柴的烈焰，是你被邀请了，是投身于公共集会和时代运动中去，是答复"你知道吗"这个传染性问号。而且，你通过"运动"找到了归属——时间归属和族群归属——既认领了光阴，又认领了身份。

你无力拒绝，懒得拒绝，也不想拒绝。拒绝多累啊。

活在当下。大家过着"进行时""团体操"式的人生——以眼花缭乱的新闻、日夜更新的时尚为轴、为节拍、为消费核心。

信息、事件、沸点、意见、声音……铺天盖地，但个性、情趣、纬度、视角少了，真正的题目少了。欲望的体积、吨位越来越大，但品种单一，质地雷同。

越来越多的人，活得像一个人，像别人的替身。

越来越多的人生，像一场抄袭，像流水线产品。

打量人生，我常想起幼儿园排队乘滑梯的情景：这头爬上，那头滑落。目标、进程、快感、欢呼都一样，小朋友们你追我赶，乐此不疲。

4

有一些职业，很容易让人越过当代界碑，偷渡到遥远时空里去，比如搞天文的、做考古的、开博物馆的、值守故居的；有些嗜趣也类似，像收藏古器、痴迷梨园、读先人书、临先人帖。

有位古瓷鉴藏家，她说自己这辈子，赏瓷经历了三个阶段：一是知其然；二是知其所以然；三是与古人神交。她说，看一样古物，最高境界不是用放大镜和知识，而是睹物思人、与之对话。古物是有生命的，它已被赋予了性灵和能量，从形体、材质、纹理、色釉到光泽、气质、手感、髓气，皆为缔造者之情智、审美、想象力和喜怒哀乐之凝集。赌物如识人，逢佳品恍若遇故交，仅惊鸿一瞥、灵犀一刹即能相认。形体可仿，容颜易摹，灵魂却难作弊。

可以想象，这位藏家在古代有多少熟客，其室该是一间多么大的聚会厅，多少有意思的人济济一堂，多少传奇故事居住其中。她怎么会孤独呢？

乾隆在紫禁城有间书房，叫"三希堂"，仅8平方米，上有他的御笔："怀抱观古今，深心托豪素。"此屋虽狭，但恐怕是天下最深阔的"怀"了，134位历代名家的340件墨迹及495种拓本，尽囊于此。乾隆虽娄，但其眼福却让人羡，那是何等盛大的雅集和磅礴的气场啊，走进去，又怎能不神游八方。

在京城，我最大的休闲即泡博物馆、游老宅，或逛潘家园或报国寺的古货摊。我不懂，也不买，就东张西望，跟着好奇心溜达。有的铺子是唐宋，有的摊位是元明，有的院落是晚清和民国……那些旧物格局，有股子特殊气场，让你的心思飘飘袅袅，溜出境外，一天恍惚下来，等于古代一日游。

明代大书画家董其昌到长安，拜谒千年前王珣的《伯远帖》，惺惺惜下，忍不住添墨于上："既幸余得见王珣，又幸珣书不尽湮没，得见吾也！"话虽自负，却尽显亲昵，也算隔代神交的一段佳话。我见过《伯远帖》的影印件，尺幅不大，董大师的友情独白占去半壁，另有历代藏家的印鉴，不下10余枚，包括乾隆的。应该说，诸藏家与晋人王珣的神交程度，并不逊董，只是董艺高性野，敢于表白，他人只能小心翼翼捡个角落座，或敬畏先物、不忍涂鸦。

藏轴、藏卷、藏器、藏函……皆藏人也。皆对先人的精神收藏，皆一段高山流水的友谊，皆一场肌肤遥远却心灵偎依的恋爱。

5

除了鉴藏，读书亦然。

明人李贽读《三国志》，情不自禁欲结书中豪杰，大呼"吾愿与为莫逆交"。

"身无半亩，心忧天下；读破万卷，神交古人。"这副对联让左宗棠自励终生。

人都怕孤独，尤其精神上的寂冷，布衣贩夫、清流高士皆然。特别后者，无不染此疾，且发作起来更势急，所以围炉夜话、抱团取暖，便是人生大处方了，正所谓"闲谈胜服药"。翻翻古诗文和画谱，即会发现，"夜宴""访友""逢遇""邀客""雅集"——乃天下文人最乐道之事。"绿蚁新醅酒，红泥小火炉""柴门闻犬吠，风雪夜归人""寒夜客来茶当酒，竹炉汤沸火初红"，这些画面不知感动和惊喜了多少寂寞之士。

然而，知音毕竟难求。现世生活圈里，虽强人辈出，却君子稀遇，加上人心糙钝、利益纠葛，友情很难纯粹，保养成本更高。与古人神交则不同了，他们是一个稳定的存在，且永远一副好脾气，无须预约，不会扑空，他就候在那儿，如星子值夜。你尽可来去如风，天高云淡，干干净净。

明人陈继儒如此描绘自己的神交："古之君子，行无友，则友松竹；居无友，则友云山。余无友，则友古之友松竹、友云山者。买舟载书，作无名钓徒。每当草虇月冷，铁笛风清，觉张志和、陆天随去人未远。"张、陆皆为唐人，作者与之隔了近

233

800 年。

"去人未远"，是啊，念及深、思至切，古今即团圆，此乃神交的唯一路径，也是全部成本。山一程、水一程，再远的路途皆在意念中。

吾虽鲁钝，夜秉《世说新语》《聊斋志异》等时，亦有体会——

读至酣处，恍觉白驹过隙、衣袂飘飘，月上柳梢时、疏影暗香间，你不仅得见斯人，斯人亦得见你。一声别来无恙乎，挑帘入座，可对弈纵横、把盏放歌，可青梅煮酒、红袖添香……

国学大师陈寅恪，托 10 载光阴，毕暮年心血，著煌煌 80 万言《柳如是别传》。我想，灵魂上形影相吊，慰先生枯寂者，唯300 年前的这位秦淮女子了。其神交之深、之彻，自不待言。

2009 年

一辈子就是玩，玩透了

提　要

一场秋雨后，正散步，忽被高高低低的虫声粘住了。

蝈蝈、油葫芦？还是金铃子、蛐蛐？

它只许你听，不让你看。乐器藏在它肚子里。

最喜欢的书是《诗经》。最喜欢它的《豳风·七月》。

它把几千年前一个人的春夏秋冬，乃至一生的景象都讲完了。

且讲得那般美，如天上云朵。

《七月》里我最喜欢的一节是——

"五月斯螽动股，六月莎鸡振羽。七月在野，八月在宇，九月在户……"

接下那句"十月蟋蟀入我床下"，每念此处，总觉眼前一闪，有翅影忽眨而过，不禁扭头去瞅床底。

郊区的公寓有一大片草地，一场秋雨后，正散步，忽被高高低低的虫声粘住了。

蝈蝈、油葫芦？还是金铃子、蛐蛐？

它只许你听，不让你看。乐器藏在它肚子里。

或许受惊，它不唱了。我屏息静气好一会儿，它才又开场。

它哪儿知道，自己已被人用手机偷偷录了音。那人想，等大雪飘飞时，再听这虫欢，堪比世襄老人那神仙之乐了吧？

回到家，忍不住重温《世襄听秋图》。

这是其老伴荃猷女士绘于1984年除夕的速写——

世襄坐小板凳上，怀抱一竹筒，一端伸入虫盆，一端供应耳朵，活脱脱一顽童抱听诊器的模样。

瞅着瞅看，叽叽唧唧的鸣声，即从画里飘出来，扑你耳膜。

"燕都擅巧术，能使节令移，瓦盆植虫种，天寒乃蕃滋。"

这是王世襄描绘的京城玩家，其中就有他自己。

现代文化史上有两类名士、两类心灵，皆人间大爱，但气质迥异：一类属药，让你舌下含苦、两腋起风，精神陡然冷肃、峭拔起来；一类属糖，让你爱意涌体、蓄乐生津，抛却世间险要和烦忧。前者如鲁迅、胡适、萧红、郁达夫，那一代文人多忝此列，即便"闲适"如林语堂者也不例外。后者则极单纯、极通透和快活的玻璃人，此类稀少，除王世襄，甚至难觅同辈搭档，似乎只能往史上找了，如陆羽、李渔、张岱。若说前者乃大地上的爱，现实且凄苦，有镣铐之沉和铿锵声；那后者则是云上的爱，步履飘盈，溺于鸡毛蒜皮、物机天趣，有独立超然之仙风。

前者贡献的是体巨，是磐重，乃经世要义；后者显呈的是精微，是点滴，乃俗生大美。一为黄山之松、泰山之碑；一为"芥子纳须弥"。虽不同语，却是世间最精彩的两幅挂图。

我越来越深觉双方之重要。尤其后者，它甚至直接成为"热爱生活"的依据，没有它，人生即有釜底抽薪之感。但在价值观上，特别于中国这样一个苦难型母体，稍不留神，后者即被讥为颓废，视为商女靡音、纨绔骚风。

在很长的时光里，我就这么以为的，几乎不正眼看之。

当我读完王世襄的《锦灰堆》，当我偶遇这位以养虫、育鸽、饲鹰、精馔、藏物识器立身的大玩家，当我见识了老北京那些平凡琐碎的"玩意儿"——那些即使在动荡和苦难日子里仍随身携带、不肯牺牲的兴致与生趣，那些与骄奢无关，问汲于自然、求助于草虫的极低成本的快活……我不禁惊叹，多么健康而美好的人！

世襄 80 寿辰，荃猷女士亲手刻了一幅红彤彤的剪纸：《大树图》。树上十五枚果子，对应老伴的十五类钟爱——

"家具"，世襄酷爱明式家具，著有《明式家具珍赏》《明式家具研究》；"漆器"，世襄最得意的学术强项，著有《髹饰录解说》；"竹刻"，世襄曾致力于传统竹刻技法的恢复，著有《竹刻艺术》《竹刻鉴赏》。"套模子的葫芦"，世襄钟情葫芦植术和造式；"火绘葫芦器"，世襄擅长火绘葫芦。"鎏金铜佛像"，世襄喜爱佛像艺术，但自谦未入门；"书画"，世襄酷爱中国书画，著有《画学汇编》；"蟋蟀"，世襄着迷蛐蛐，对蓄养和器皿颇有得，著有《蟋蟀谱集成》。"鸽哨"，世襄痴迷放鸽，著有《明代鸽经·清宫鸽谱》《北京鸽哨》；"鸟具"，世襄对雀笼食罐有研究；"家常菜"，世襄擅吃擅烹，在"干校"改造时还偷偷做鳜鱼宴；"牛"，世襄"文革"中曾在乡下放牛；"鹰"，世襄少时饲鹰，欲撰一本中国鹰文化的书；"獾狗"，一种用来捕獾的猎犬，世襄早年的跟班……

爱天空、爱草木、爱鸟虫、爱古今、爱神灵、爱路人……一辈子聚精会神，只知道爱，只埋头玩。有何不好？

市井的缤纷、热闹、蓬蓬勃勃，人世的动力、活性、快乐源泉，生命的元素、本义、真相谜根，难道不都奔向这儿了吗？

他不过屏神静气、心无旁骛地为同胞集中演示了一遍。假如鲁迅能活200年，很久以后，当时代不再为之埋伏那么多对手和险恶，难保他不变成另一个王世襄？

有人替他总结了很多成就：古鉴成就，收藏成就，学术成就，人格成就，爱情成就，美食成就……在我看来，他最大的成就即生活本身，即玩。

一辈子的玩，玩醉了，玩透了。

世襄至交、翻译家杨宪益赠诗云："名士风流天下闻，方言苍泳寄情深。少年燕市称顽主，老大京华辑逸文。"

在一个不会玩、不敢玩、忘了玩、没得玩、玩不转的年代，这堪称一份伟大业绩了。

2009 年 11 月 28 日，"京城第一玩家"王世襄，因病医治无效，在北京去世，享年 95 岁。依本人意愿，不做遗体告别，不设灵堂。

有人说，杨宪益、王世襄等朋辈携手西去，似乎约好了似的，似乎宣告了这样的事实：一个时代结束了。

次日晚，我所在的深夜节目《24 小时》，播出了一条新闻《那个最会玩的人去了》。

片子的尾声，我写了一段话——

"读王世襄的书，你会对人生恍然大悟：快乐如此简单，趣味如此无穷，童年竟然可携带一生。你会情不自禁说：活着真好！

如今，那个最会玩的人，不能再和我们一起玩了。但他的天真、他的玩具、他的活法……将留下来，陪我们。"

2009 年

春天了，一定要让风筝放你

提　要

　　春天来了，你一定要跑去打招呼，你一定要放风筝。

　　不，你一定要让风筝放你。把你放得优哉游哉，从城市的罩子里逃出去，看一看湛蓝，追一追神仙，呼吸一下辽阔与自由，住一住云上的日子……

草长莺飞二月天，拂堤杨柳醉春烟。

儿童放学归来早，忙趁东风放纸鸢。

——（清）高鼎《村居》

"100年前，天上只有两位乘客：鸟和风筝。"

当那只软翅"大沙燕"摇头摆尾、只剩蝌蚪一点大时，我感叹说。

恰巧，有一架飞机掠过。

一个傲慢的现代入侵者。

这是我平生第一次放风筝，激动得脖子疼。

风筝古称纸鸢、纸鹞。我尤喜闽南一叫法，"风吹"，名起得懒，却传神。若叫"乘风"，是否更好呢？

当纸片儿腾空而起，你浑身一颤，呼地一下，整个心思和脚跟被举了上去……飞啊飞啊飞，你成了风的乘客，腋下只有天，眼里只剩云……你脱胎换骨了，精神如烟，心生羽毛，你不再是深沉的人，你失重了，你变轻了，体内的淤积通了，块垒消了……

别了，庸庸碌碌。别了，尘世烦忧。

谁之伟大，发明了这乘风之物？

唐书《事物纪原》把功劳给了韩信，说楚霸王被困垓下，韩信造大纸鸢让张良乘坐，飞到敌营上高唱楚歌，霸王遂一败涂地。更奇的传闻见于《白石礁真稿》：北齐文宣帝时，围剿元姓宗族，彭城元勰的孙子元韶被囚地牢，其弟偷造大纸鸢，双双从金风楼飞逃。

不信吧？那是你的损失。

我头回牵一只会飞的家伙，它那么兴奋、有劲，手都酸了。

风和我力争。线弯成了弧，像水中的钓线。天空突然钻出许多的手，抢这只漂亮沙燕，如拔河比赛……显然，它不再中立，它背叛我了，它冲着风喊加油。除了那条明白无误的线，它几要与我无关了。

它的立场让我惊喜。

第一次把人生送出这么高、这么远，我将地上的事忘个干净，连自个儿都忽略不计。那风筝，仿佛心里裁下的一角。

什么叫海阔天空、远走高飞？什么叫腾云驾雾、神游八极？

快快放风筝去吧。

其实是风筝放你。

春天来了，我怎么闻讯的呢？

信号不是变柔的柳条，亦非桃花骨朵，而是冷不丁瞅见一两尾纸鸢在天边游。

春，尤物一般，就这样突然扑过来。

风筝，是春的伴娘，是春的丫鬟，也是春的间谍，是她泄露了情报。

"江北江南低鹞齐，线长线短回高低。春风自古无凭据，一伍骑夫弄笛儿。"（徐渭《风鸢图诗》）古时，风筝是缚哨带响的，又称"弄笛"。

在老北京，凡扳着手指数日子、喜欢引颈仰天者，一定是风筝客。他们不肯错过一寸早春，一定要到半路上去等、去迎，然后大声宣布第一个接到了春。

我在什刹海边、玉渊潭湖堤、故宫护城河畔，见过很多精神矍铄的长者，挎马扎、携干粮、戴墨镜，从早到晚神游于天际。

望风，听风，嗅风，捕风，乘风，追风。一辈子爱风，胜过老婆孩子。

他们红光满面、气定神闲，一看即活得飘逸缥缈之人。"鸢者长寿"，这话没错。

每次途经，我都羡慕一阵，搭乘一会儿老人的快乐。

我会想起"莫负春光"一词。

不知为何，我一直没想过要亲手放风筝。

直到某天，猛意识到自己临近不惑，竟还没牵过一样会飞的东西，竟还没亲手握过春风，就像暗恋一个女孩子，竟还没牵过她的手……我觉得自己是个不及格的春天爱好者，我既没出门去迎、去半路上等她，也没准备任何私人仪式和礼物。

爱一个人，却没行动，没表白，这不是舞弊吗？这不是辜负韶华、浪费青春吗？

我的首只风筝是在玉渊潭买的，那种最傻瓜的塑料布大三角。

我怀疑不是我在放飞，是它自个儿主动飘起来的。当发现风筝古称"纸鸢"，我无法忍受了，想起塑料这种化学物，觉得对不住蓝天。还有，那大三角算怎么回事啊？毫无"鸢"之美，简直是污辱翅膀、欺骗风的感情……于是，我为自己选了北京传统的大沙燕。

软翅、纸扎，大沙燕是最像"鸢"的风筝。

那个春天，我共送出了三只风筝。

一次是拔河比赛输了，我把它送给了风。

一次是风向陡变，不幸坠地，香消玉殒。我悲愤地想起孔尚任那首诗："结伴儿童裤褶红，手提线索骂天公：人人夸你春来早，欠我风筝五丈风。"好孩子，骂得好，该骂。

一次是飞到附近的村子，挂在树梢，我将线剪断，几秒工夫，呼地一下，风把它接走了。

春天来了，你一定要跑去打招呼，你一定要放风筝。

不，你一定要让风筝放你。把你放得优哉游哉，从城市的罩子里逃出去，看一看湛蓝，追一追神仙，呼吸一下辽阔与自由，住一住云上的日子……

然后，年年如是。

去半路上娶春天。

直到你飞完人生。

2008 年

人生树下

提　要

所谓"荫泽""荫蔽""荫佑"，皆源于树。

有祖必有根，有宅必有树。再穷的人家，也能给后人撑起一片盛大荫凉。

这是祖辈赠予子嗣最简朴最牢稳的遗产了。

在这个世界上，每个人都应有一棵关系亲密的树。

我们要在大自然里，找到自己的亲属，找到自己的根和床。

"维桑与梓，必恭敬止。"语出《诗经·小雅》，意思是说：桑树梓树乃父母所植，见之必肃立起敬。父母者，为何要在庭院植这两种树呢？答案是："以遗子孙给蚕食、具器用者也"（《朱熹集传》），即让子孙有衣裳穿、有家具使。后来，"桑梓"便成了故里的别称。

　　树，不仅实用，还意味着福佑、恩泽和繁衍；不仅赐人花果和木料，还传递亲情和美德，承载光阴与家世。树非速生，非一季一岁之功，它坚韧、高直、长命，伴随春华秋实、年轮增扩，它像一位高寿的家族长者，俯看儿孙绕膝。

　　所谓"荫泽""荫蔽""荫佑"，皆源于树。

　　有祖必有根，有宅必有树。再穷的人家，也能给后人撑起一片盛大荫凉。

　　这是祖辈赠予子嗣最简朴最牢稳的遗产了。

幼时，父亲带我回山东的乡下祖宅，院子里有一棵粗壮的枣树，上住鹊巢，下落石桌。逢孩子哭闹，祖母便将房梁上的吊篮够下，摸出红油油的干枣来。后来，老人去世，老屋拆迁，老家便没了。

虽非桑梓，但我知道，此树乃祖辈所植也，在其下纳过凉、吃过枣子的，除了我，还有我的父亲，还有父亲的父亲……它是一轮轮人生的见证者，见证了他们从跌撞的蒙童、攀爬的顽少，变成拄杖的耄耋。

这样的树，犹若亲属。

老人们讲，闹饥荒时，都是树先枯，人后亡，因为果腹的最后一样东西，是树皮。人，只要熬到春天就不会饿死了，这时候，树抽芽，野菜生，槐花、榆钱、椿叶、杨穗，都是好食材。

几千年来，凡屋舍，必在一棵大树下；凡村首，必有一棵神采奕奕的古树。

无荫不成庐，无林不成族。就像民谣里所唱，"问我祖先何处来，山西洪洞大槐树""祖先故里叫什么，大槐树下老鸹窝"。树，是家舍的象征，是地址的招幡，它比屋高，比人久。离家者，最后一眼看到的是树，返乡者，第一眼瞅见的也是树。

游同里古镇，听到一个说法：江南殷实人家，若生女婴，便在庭院栽一棵香樟，女儿待嫁时，树亦长成，媒婆在墙外看到了，即登门提亲；嫁女之际，家人将树伐下，做成两只大箱子，放入绸缎做嫁妆，取"两厢厮守"之意（"两箱丝绸"的谐音）。

多美的习俗！女儿待字闺中时，对该树的感情必定微妙，那是自己的树啊，盼它长大，又怕它长大。想想吧，像儿伴一样耳鬓厮磨，像丫鬟一样贴身随嫁，多么暖心，多么亲昵。

我若有女，必种一棵香樟。

如今的家业里，少了样东西：树。

没了庭院，没了户外，没了供根深入的大地，只剩下盆栽、根雕和花瓶。这个时代，可稳定传续的事物越来越少，"不动产"越来越少，"祖"的符号和痕迹越来越少。

"家"，失去了树荫的覆护，光秃秃曝于烈日下。

现代人的家什、器具、陈设，包括果蔬稻粟，几乎无一源于自产和自制。我们的双手不再沾染泥土，不再是播种者，不再是采摘者，我们的最大身份是购买者，是终端消费者，我们彻底"脱农"了。不仅如此，我们解除了与草木共栖的古老契约，我们告别了在家门口折菜撷果的实用和浪漫，我们放弃了对一棵树一株花的亲近与认领……大自然里，不再有我们的一方蒲团、一块凉席、一副竹榻。

树，在马路上流浪。我们只是乘车迅速地掠过它们，透过玻璃扫视它们。它们身上，没有我们的指纹和体温，没有童子的笑声和攀爬的身影。

人和树，亲情已断，形同陌路。

大自然中，没有了我们的亲属。我们只是那路人，那淡漠的旁观者。

那年去贵州，走到从江县的月亮山，遇一苗地，叫岜沙，据说这支部落是蚩尤的后代。它给我的第一印象是：林子可真密啊！那些人、房子、生活，全是躲在翠绿里的。遇见当地人，感觉他不是走出来，而是像泥鳅一样，突然从绿潭里钻出来。林中有径，当你朝外跨出一步时，才顿悟了森林的"森"字，那"木"真是密密匝匝、层层叠叠，难以落脚。

岜沙，即苗语"草木茂盛"。

恐怕再没有比岜沙人更膜拜树的了，男子蓄起直直的发髻，象征山上的树干，身上的粗布青衣，模仿树皮。

树，是岜沙人的神。他们尊崇树的能量和美德。

在岜沙，凡重大活动和节庆仪式皆在林中进行，祈愿、盟誓、婚约的"证人"是大树，个人有了心事，也去向大树倾诉。按规约，盗木者除了退赃，还要罚 120 斤米、120 斤酒、120 斤肉，请族人谅恕。

最触动我的，是岜沙人的葬礼。一个婴儿降生，村民会栽一棵树苗，祈愿他像树一样苗壮、正直；待他年迈去世，家人就找到那棵树，刨空作棺，去密林深处下葬，不设坟头，不立墓碑，最后，在平好的新土上，再埋下一棵小树苗，预示生命再次启程，也象征灵魂的回家之桥。这一切，要赶在太阳落山前完成。

他们是大森林的孩子。森林里诞生，森林里消失。

"我们都认得哪棵树是自己的祖先。"岜沙人说。

有一棵树，陪伴一个人出生、长大，直至死去。

除了葱茏，生命在世间不落任何痕迹。

这是我听过的关于人和树最好的故事。

那天，夕阳西下，听着山风和鸟鸣，我坐在岜沙的石头上，心想——

在这个世界上，每个人都应有一棵关系亲密的树。

至少一棵。

我们要在大自然里，找到自己的亲属，找到自己的根和床。

2014 年

日子你要一天一天地过

提　要

　　最朴素的生命知觉，最正常的光阴感应，如何获得呢？

　　我们要靠冰的融化、草根的发芽、枝条的变软来感知早春；要凭荷塘蛙声、林间蝉鸣、旷野萤火来记忆盛夏；我们的眼帘中，要有落木萧萧和鸿雁南飞，要有白雪皑皑和滴水成冰……

　　最伟大的钟表，揣在农人怀里。

光阴尺码

北京台有档周播节目叫《七日》，其广告词这么说："生活，就是一个七日接着一个七日"。我也做电视媒体，按职业眼光，这句话堪称神来之笔，既行云流水勾勒了百姓过日子，又将岁月和节目画了等号，自恋了一把。

可我老觉得哪儿不对，似乎某根神经被偷叮了一口，后恍然大悟：它在光阴上的计量单位——那个"七日"刺疼了我，它仿佛在说，人生即一周加一周加一周……

这尺码太大、太粗放了。它把生命密度给大大冲淡、稀释了。

若央视"春晚"给自己打广告，会不会说成"生活，就是一个春晚加一个春晚"呢？如此生命换算和记忆刻度，简直恐怖。

地铁里，忽听一女孩感慨：你说哎，日子真快，眨眼又过年了，不就追了几部剧，听了几首歌嘛，我夏天裙子还忘了穿呢……

是啊，我们对光阴的印象愈发模糊，时间消费上，所用尺码也越来越大，日变成了周，周变成了月，月变成了年……日子不再一天一天地过，而是捆成大包小包，甩手即一周、一月。打个比方，从前是步枪瞄准，现在像冲锋枪，突突一梭子，点射变扫射，准星成废物。

一把尺子，寸厘取消了，只剩丈尺。

"今天几号啊？"这声音无处不在。

我自己也常想不起日子，甚至误差大得惊人。那天，我寄一份文稿，末了署日期，竟将"2009"落成了"2007"。我明白，这不是笔误，是心误。

时间的粗化，意味着人生的恍惚、知觉的紊乱。

我们有自己的时间吗

在光阴意识和时间心理上，除计量单位被大大膨化外，其标志符也越来越笼统、虚脱。

有位老兄，并非球迷，但4年一届的世界杯，场场不落，且备好酒食，郑重地邀我陪绑，他总是感慨："还记得吗？咱俩头回一起看球是 20 岁出头，可现在……一辈子，能看几届世界杯啊！所以要看，看仔细喽，否则都不知自个儿多大了。"

他说得很动容、很悲壮。

是啊，我们记录历程、收藏岁月的凭据是什么？当然是人生的标志性事件。可事实上，除了集体式、广场化、社会性的仪式盛典和娱乐运动，我们有个人的尺度和砝码吗？一届奥运会够你亢奋 4 年，一回东道主够你消遣 10 年——申报、中标、筹备、演练、火炬、盛典、金牌、庆功、回味……而寻常日子里，一年到头，也就靠几部影视剧、几首流行歌、几桩名人绯闻和一台春晚给撑着。

再放大点说，几项大政方针、几桩热点新闻、几条娱乐路线，外加几十张明星脸，就是一个时代，就是一个时代的全部表情和消费内容，就是一个人从青春到不惑，从风华正茂到双鬓染霜。

一岁一枯荣，我们不知自己身上哪儿荣、哪儿枯，哪儿发芽了、哪儿落叶了。我们遗失了自己的光阴，没有个体原点和重心，没有私人年轮和纪念物。

裹挟在时间洪流、公共情绪和时尚运动中，我们不知该为人生准备哪些"必须"，找不到自己的细节和脉络，找不到自己的指针和方位，找不到独立而清醒、僻静且坚定的价值观……每个人都兴高采烈被推搡着，无人情愿并能够出局。

我们没有自己的注意力。精神注意力和心灵注意力。

我们没有自己的时间。无论社会时间还是生物时间。

我们被替代、被覆盖了。

我们被忽略不计。

生物时间

谁还记得时间本来的模样？

最朴素的生命知觉，最正常的光阴感应，如何获得呢？

或许，人忘了自己的真实身份——生物。

这个身份和公鸡没什么两样。

我一直觉得，既然生命乃自然赋予，光阴也源于自然进度，那么，一个人要想持有清晰的时间印象，必须回到大自然——这位天时的缔造者和发布者那儿去领取。

我们要靠冰的融化、草根的发芽、枝条的变软来感知早春；要凭荷塘蛙声、林间蝉鸣、旷野萤火来记忆盛夏；我们的眼帘中，要有落木萧萧和鸿雁南飞，要有白雪皑皑和滴水成冰……

最伟大的钟表，揣在农人怀里。

大自然的时间宪章，万千年来，一直镌刻在锄把上、犁刃上、镰柄上。立春、谷雨、小满、芒种、寒露、冬至……在光阴哲学上，农夫是世人的导师，乃最谙天时、最解物语之人。错过节气，即意味着饥荒。

时间恍惚，人之神思即浑浑噩噩。

我们沉浸于街道、橱窗、商场、文件、电脑，唯独对大自然——这位策划和分配光阴、给光阴立法的神——视而不见。我们忘了"生物"本分和血液里的钟声，像个逃学者，错过神的讲座和教诲，也错过了赐予。

看日期，不能只看表盘和数字，要去看户外，看大自然。

它以神的表情和语言，告诉你晨昏、时辰和四季。

大自然从不重复，每天都是新的，每秒都是新的。细细体察，接受它的沐浴，每天的你即会自动更新，身心清澈，像婴儿。

牢记一条：我们是生物。首先是生物。

若生物时间丢了，即丢了大地和双足。

老日历之美

日子须一天一天地过。

如此，才知时、知岁、知天命。

时间危机，即人生危机。没有什么比握紧光阴更重要。

有天，忽念起儿时的日历牌，即365页的那种撕历，一天一页，平日乃黑字，周末为红绿，除公历日期，还有农历时令。记得逢岁末，父亲总要去新华书店买本新历回来，用纸牌订在墙上。早晨，父亲头件事即更新日历，他从不撕，而是用夹子将旧页翻上去，所以一年下来，还是厚厚一本。我最喜红绿两页，不仅颜色漂亮，更意味着节假和休息。

许多年了，我未见这种老历，总是豪华的挂历和台历。本以为它消失了，可去年逛厂甸庙会，竟然遇上了，兴奋至极。

从此，我恢复了用老历的习惯。

和父亲一样，我也舍不得撕，只是一页一页地翻。

和父亲一样，这也是我每天起床后的第一道功课。

像精神上的广播操。

那感觉很神奇，端详它，就像注视一个婴儿、欣赏一片刚出生的树叶。

一页页地迎接，一页页地告别，日子变得清晰、丰腴、舒缓。

它还每天提醒你，户外——辽阔的大自然正发生着什么：雨水、惊蛰、白露、小满、芒种、霜降、小雪……

我又恢复了"天时"的感觉，光阴"寸寸缕缕"的感觉，日子"一天一天"的感觉。

生活，不再是条粗糙的麻绳，而是一串不紧不慢、心中有数的念珠。

老日历，是我保卫生活的工具之一。

你不妨试试。

2009

让我们如大自然般过一天吧

提　要

　　古人的生活是与大自然携手同行的。

　　晨曦而出，夕照而归；伴虫入眠，闻鸡起寝；循天时而动，不负光阴。

2500 年前的某日，天蒙蒙亮，一对新婚小夫妻的枕语不幸被偷听了，且给记录下来——

"女曰：鸡鸣。士曰：昧旦。'子兴视夜，明星有烂。''将翱将翔，弋凫与雁。'"

我斗胆翻译一下：妻子拱拱丈夫，快醒醒，鸡叫了。丈夫揉揉眼，天才亮一半呢。妻笑嗔，别恋床了，你瞧天上的启明星多亮啊！丈夫一拍脑瓜，对，正值鸟儿起飞，我要赶紧去射猎！

接下来，是一段甜蜜蜜的小情话："弋言加之，与子宜之。宜言饮酒，与子偕老。琴瑟在御，莫不静好。"

大意是：老公定能满载而归啊，我给你烹雁做菜，佐之美酒来干杯，愿咱俩白头偕老，你弹琴来我鼓瑟，生活多美啊！

古人真聪明，竟从自然界里请出公鸡来司晨，自己只管酣睡，误不了事。

这首《诗经·女曰鸡鸣》，我视之为史上最纯真的婚姻个案。感动我的，除了田园诗般的恩爱，更有一点：和大自然同步的生活。

想起梭罗的一句话：让我们如大自然般过一天吧。

古人的生活是与大自然携手同行的。

晨曦而出，夕照而归；伴虫入眠，闻鸡起寝；循天时而动，不负光阴。

天上阴晴圆缺、地上风吹草动，先人皆明察秋毫、奉若神诏。原因在于，他们视己为自然界的一员，不逾矩不越位，恪守生物本分，正像《三字经》所言："犬守夜，鸡司晨，蚕吐丝，蜂酿蜜……"

幸福源于知天时、依天意、循天道。

《诗经·女曰鸡鸣》讲了个道理：早起的鸟儿有虫吃，勤早才能持家。

除了生计，还有健康，听老天爷的没错。

古人细考了动物一天的状态，用"铜壶滴漏"的计时法，把昼夜分为12个时辰：子、丑、寅、卯、辰、巳、午、末、申、酉、戌、亥，暗合12生肖，既富情趣又含教益。比如"亥时"，依现代计时，大概是晚9点至晚11点之间，此时的猪（亥即猪）熟睡正酣，而"亥时"又称"人定"，意思是夜色已深，大家该安歇了。

那么，这种仿生论真合乎养生之道吗？

科学证明，人的深度睡眠发生在晚10点至凌晨3点。此时，人之体温、呼吸、脉搏进入低谷，易安神入眠，也是肝胆排毒和免疫系统更新之时。此间，人体宜充分休息，若错过佳时，补睡再多，也于事无补。

健康生活，一定是和大自然牵手，同呼吸，共起舞。

古人真是聪明，他们得到了上天更多暗示，更多宠爱。

《论语》乃师生对话的笔录。圣人授业总是态度谦和、温文尔雅，不过也有例外，有一回圣人就发火了，痛斥宰予："朽木不可雕也，粪土之墙不可圬也，于予与何诛？"（《论语·公冶长》）。这话够重、够狠，堪称破口大骂了。啥事让老人家勃然大怒呢？

很简单，宰予"昼寝"，即白天睡大觉。

区区小事值得如此吗？孔子认为值，认为性质太恶劣了。

当年语文课上听这个故事，说孔子如何珍惜时光。现在我倒觉得，惜时背后，还有个更大的寓意：遵天时，敬天道。像公鸡打鸣，不在于你嗓门高低和乐感如何，而在于何时鸣放，在规定时间做规定之事，这才叫称职。

由此看，孔子捍卫的是一条常识：与时俱进。

莫负上天之约，莫和光阴作对，莫与大自然拧着来，这才是君子之为，才叫端庄有仪。所谓"乐者天地之和，礼者天地之序"也。

睡眠时间不对，乃现代人萎靡的缘由之一。

在昆德拉《为了告别的聚会》中，美国富翁巴特里弗对捷克人的生活评价是："在这个国家里，人们不会欣赏早晨。闹钟打破了他们的美梦，他们突然醒来，像被斧头突然砍了一下。他们立刻使自己投入到一种毫无乐趣的奔忙之中。请问，这样一种不适宜的紧张的早晨，怎会有一个像样的白天……相信我，人的性格是由他们的早晨决定的。"

话说得可能有点夸张，但一个人和大自然同步醒来，利用早晨的能量颐养神智，从而让一天有个好起点，这是没错的。

2009 年

向死而生

提　要

许多大智慧者正是站在死之界面上俯瞰生命全景和浮世万象的，从终极角度关怀、检索、省察人生，以死为尺测量各种得失和价值轻重，用直面死的勇气填充生存意志的虚弱。比如奥德留主张"像一个将死者那样看待事物""把每一天当作最后一天度过"……

死说不定在什么地方等我们，那就让我们到处等它吧。

——蒙田

　　"要是一个人学会了思想，不管他思考的对象是什么，他总是在想着自己的死。"

　　初读托尔斯泰这句话，我灵魂上的颤动不亚于一场地震。它揭开了"理解死亡"与"醒悟人生"之间的通道秘密。是啊，许多大智慧者正是站在死之界面上俯瞰生命全景和浮世万象的，从终极角度关怀、检索、省察人生，以死为尺测量各种得失和价值轻重，用直面死的勇气填充生存意志的虚弱……比如奥德留主张"像一个将死者那样看待事物""把每天当作最后一天度过"，又如海德格尔的《向死而生》，雅斯贝尔斯的《向死而在》，皆道出相同的生命之义。

"向死"，果是一盏智慧灯，能为夜茫茫的人世旅途照明吗？我们不妨试一试吧——

假若你是一个濒死者，从医生手中领过了诊断书，像预感的那样，时日已剩无几。

你沉痛但平静地谢过医生。虽然家很远，但你决定用脚走回去。

通往家的路，突然很陌生，仿佛是去一个从未去过的地方。走得很慢，很用力，这使你觉得累极了，双腿像灌了铅……真想，真想睡一会儿啊，于是你在临湖的一条石凳上坐下……又不知过了多久，你醒来了，阳光微醺，波光粼粼，空气中有股青草和树芽的甜味，多好呀，陪伴这一切多好呀，真想摇身一变，变成一只年轻的雀或一只蝉，只要还能留在世上，只要还有日出日落……你微微合眼，开始遐想风风雨雨磕磕绊绊的几十年，具体或抽象、清晰或模糊的一幕幕——

想起童年夏夜里的"数星星"（你以为一定能数得清于是便真的去数了，这多么令人鼓舞呵）；想起作文本上的梦想，少年时的奖状；想起与你在课桌上画"三八线"的小姑娘；想起揭榜前的紧张和填志愿时的激动；想起大学里的夜自习，绿茵场上的长途奔袭，偷看"劳伦斯"的惶恐和论文答辩时的激昂；想起毕业前的篝火和《友谊地久天长》的手风琴，赠言簿上"拯救世界"的大言不惭……

你忍不住微微笑了，眼眶涌出一股湿热的黏液。继续往下想，你发现自己越来越不清晰，乃至面目全非了，像断线的风筝开始随波逐流，仿佛自愿又仿佛被劫持着，混入了更多的黑压压"断筝"的队伍。因瞻前顾后而背叛的初衷，因顾忌名声而割舍的情爱，因害怕落败而放弃的冲试，因圆滑世故而涂改的个性，因贪图惠利而委屈的人格，因攀炎附势而轻视的友谊……忙于升迁，忙于察言观色、左右逢源，忙于人脉职务级别工资待遇……一路即这么战战兢兢、如履薄冰地蒙混过来了。你发现把自己给弄丢了（像小学生将作文写跑了题）——那个血气方刚、英气飞扬的追梦少年，再也找不回来了。你竟把生命和才华交给了他人或自己的虚荣来主宰，交给世俗的某种程序来管理，交给某个大权在握却劣质无能的上司来使唤，还交给……你不过是旱地一条鱼，棋枰上随意搁置的卒子，一个躲在地洞里瑟瑟发抖的鼹鼠。

总之，你不再是原来的你了。你成了一个赝品，一个替身，一个生命的冒牌货。唉，无端总被东风误，白了少年头，倘若还有来世——

倘若有来世，又会怎么样呢？

总之，你会换一种活法，不会再伪饰再推诿再欺瞒，不会再把鲜活的生命交给任何模式，你会奋然不顾去追随梦想、爱情和自由，听从生命最本色最天然的召唤，做你以为最重要最不能错过的事儿……总之，你不会委屈了生命，你要做一个真实的不折不扣的自己，任何绳套都不能挽留你，任何障碍都不能削弱你，任何诱饵都不能使你拐弯……

这时候，你仍坐在湖畔的石凳上，蝉声已歇，夕霞似一片火红的枫林漫天舒卷，你身体发烫，像刚跑完很远很激烈的路。突然，空气中跃出一丝凉意，你蓦地一惊。

奇迹出现了，你确认刚才不过乃一假设，你不过被死神象征性地吻了一下，你活着，活得好好的，健健康康，又不算老，还有长长的日历，还有无数若隐若现、翩翩起舞的光阴……这复活的感受真是无法形容，大梦初醒般的阵痛与庆幸！为此，你必须学会感恩和珍惜，感激那虚惊一场的梦游，报答这唯有一次的生命，决不辜负和怠慢了它！

的确，"向死"给我们提供了一次难得的人生体悟：当"死"闪电般刺透灰蒙蒙的天窗向你招手，生存的暗房骤然被照亮，瞬间，你看清了许多隐藏着的"核"与真相，生命的目的、本质、诉求和广阔的道路……"死"还像一辆重型铲车，那些日常牢不可破的栅栏、貌似威严的俗规戒律、假惺惺的世故常道——竟多么虚妄，多么荒诞，积木般一触即瘫……权势、城府、争斗、盘算、谄媚、犬马声色、戚戚名利——与生命何干？与灵魂何干？在生死这样磐重的大题目前，全变渺小了、猥琐了，儿戏一般。

痛定思痛，有了这些思考结果，当你重返生活时，至少能变得从容一点、超脱一点，少些势利，少些俗套，少些束缚和烦扰。

"向死"，确是一种大激励，大警策，大救赎。俗尘凡世，人生难免有疾，而思考死，恰是一味大施洗大澄明的苦药。关键有无那份灵魂体检的勇气和自医精神。

多少人都没有。多少人都忘记生命的真实身份了。

1995 年 10 月

人生的深味

提　要

让人感叹的是，这种理想主义的劳动方式，不仅是市场的需要，更是"职人"内在的生命要求，是信仰驱动和自我修行的结果，他们执行的是自己的尺度，而任何松懈或作弊，都会让其失去自我器重。

醋米饭、海鲜、菜蔬，它们抱成团，即成了日本人最宠爱的食物：寿司。

纪录片《寿司之神》，描述了一家"值得用一生去排队"的寿司馆，它位于东京银座地下一层，铺面很小，不及十座，连洗手间也没有，但它两度被《米其林指南》评为三星，这是全球餐厅的最高荣誉。

"不好吃，就不能端给客人。"87岁的小野二郎说。

他是店主和主厨，也是它的灵魂和标志。当他立在你餐位前，全神贯注捏一只寿司，然后捧给你时，你会油生一股庄严感，犹如坐在寺庙的蒲团上，犹如在接受某种恩典——因为老人身上那缕光阴的平静，因为他手上散发出的修行的光芒，因为眼前这个人，用了60年来做眼前这件事。

"这么简单的东西，味道怎会如此有深度？"客人幸福地问。

"每种食材都有最美味的理想时刻，要把握得恰到好处。"老人说。

在这家店里，为使章鱼口感柔软，不似橡胶那么僵硬，要对之按摩 40 分钟；为呵护米饭的弹性，米温要贴近人的体温；做学徒，先练习拧滚烫的毛巾，随之是用刀和料理鱼，大约 10 年后，你才会上台煎蛋⋯⋯

"我一直重复同样的事情以求精进，我总是向往有所进步，我会继续向上，努力达到巅峰，但没人知道巅峰在哪里。"老人说。

追求技艺的完美，对细节一丝不苟，在重复中精益求精，此即日本文化推崇的"职人"生活。"职人"，社会身份即传统手艺人，它既是一种生活方式，也是一种精神角色，意味着一种心境、修养和品格。在《留住手艺》一书中，日本作家盐野米松写道，"他们就是这样：了解素材的特性，磨炼自身的技艺，做出好的东西。这是他们的生活本身，是他们的人生哲学。"

让人感叹的是，这种理想主义的劳动方式，不仅是市场的需要，更是"职人"内在的生命要求，是信仰驱动和自我修行的结果，他们执行的是自己的尺度，而任何松懈或作弊，都会让其失去自我器重。

70 岁前，食材由老人亲自挑选，他每天骑车去菜场，从最信任的商贩处领取属于他的东西。纪录片里，有一组在菜场的情景，商贩们纷纷说，"有些米只供给二郎，因为只有他知道怎么煮。""若有3公斤野虾，那就会留着，直到他来。""好东西是有限的，要交到最好的人手上才行。"

和二郎一样，这些商贩在自己的领域亦是行家、权威和伯乐，是有理想主义情怀的人，他们知鱼懂米、惜物识人，除了逐利，他们有额外的准则和希冀，他们重视自己的下家，惦念着"好东西"的前途和归宿，他们追求完美的流程，渴望成为"正果"的一部分。

最好的鱼贩，最好的虾贩，最好的米贩……最好的提供者，最好的使用者，这是一个由"最好者"缔结的生产链。在交易上，这是一种高度信赖的伙伴关系，而在精神上，又何尝不是一种知音式的彼此惜怜和抱团取暖？

敬业，敬物，敬人，敬天地。

正因为这种人和人生、这种行为和风格不是孤立的，它才有生存和繁衍的可能。小野二郎并不孤单，他是一个群的成员，这个群，在追求一种内容和气质皆相近的生活。

二郎说："你要爱你的工作，你要和你的工作坠入爱河。"

用修行的方式对待自己的劳动，追求平淡里的深味、简易中的精致、朴素下的高贵，这是大部分人有机会采摘到的人生。

而命运，也很少辜负这种选择，尤其在精神回报上。

2015 年

精神姿势

爬满心墙的蔷薇

——读康·巴乌斯托夫斯基《金蔷薇》

提　要

我已习惯将《金蔷薇》搁在床头，就像儿童让心爱的糖果触手可及。睡前翻开，无论心多么浮躁，这时都会安静下来，连空气都变得像书中森林里的那样：清澈、湿润，有股沁人心脾的薄荷的静……

他有一种使他触及的一切变得高尚的才能。

——歌德

巴乌斯托夫斯基在形容对契诃夫的爱时，用了一个特殊的词："契诃夫感"。许多年来，在我一遍遍阅读巴氏的过程中，也反复涌上一股感受："巴乌斯托夫斯基感"。

《金蔷薇》，一册薄薄的散文体小书。一打开，扑面而来的森林、溪水和冰雪气息立即让我安静下来，童话般的语境仿佛置身于艺术的圣诞夜，而巴乌斯托夫斯基，便是那个挨门逐户送祝福的白胡子老人，他的礼物是诗、是激动人心的月光、是欢悦生命的美……

书的开篇叫《珍贵的尘土》：善良的退伍老兵夏米，相貌丑陌，以清理作坊为生。一天，他遇见了早年照料过的一位姑娘，并再次伸出援手，后来，他突然被一股"依依不舍"的情感所折磨，自卑、怯懦、羞愧……他暗暗祈愿姑娘能遇到真正的爱情，并冒出一念头——送一朵传说中能带来幸福的金蔷薇给她。从此，每天夜里，夏米都背着一个大垃圾袋回家，里面装着从银匠作坊里扫来的尘土，他用筛子不停地扬撒……终于一天，他捧着一小块金锭去找银匠。当"金蔷薇"诞生时，姑娘已去了异国。不久，夏米去世了。

　　每一分钟，每一个无意中说出来的字眼，心脏每一次不易觉察的搏动，犹如杨树的飞絮或深夜映在水洼中的星光——无不是一粒粒金粉……而作家，以数十年光阴筛取这微尘，将其聚拢一起，熔成合金，然后铸出我们的"金蔷薇"——小说，散文，长诗。

　　这是对文学劳动最深刻的诠释和忠告了。从读到它的那刻起，我知道自己踏上了一条怎样的路：一辈子像夏米那样背驮麻袋、汗流浃背地扬尘，无数个不眠夜后，或许还不如夏米幸运——我筛得的粉末尚不足铸一朵幼小的金蔷薇，有的只是他的不幸，心爱的女人已擦肩而过……最后又像他一样寂寞死去。

但我宁愿，为了那朵皎洁的蔷薇梦。

试想一下，有谁像安徒生那样痴爱童话和森林以至迷狂的境地？我想，巴乌斯托夫斯基是最具竞争力的一位，他们的心性、气质和天赋都那么像，仿佛灵魂上的孪生兄弟。在巴氏的文学客厅里，你几乎可瞅见那个时代所有的俄国文豪，但倘若里面只有一位客人的话，那人一定叫汉斯·安徒生！巴氏笔下，这个丹麦人是被描述最多，也最动情的——

　　这个腼腆的鞋匠在炉边蟋蟀的歌声中溘然长逝，他是一个极普通的人，然而却把自己的儿子——一个童话作家和诗人献给了世界。

　　安徒生喜欢在树林里构思……每根长满青苔的树桩，每一只褐色的蚂蚁强盗（它拽着一只长有透明绿翅的昆虫，就像拽着掳掠来的一位美丽公主），都能变成童话。

　　他是穷人的诗人，尽管国王们都把握一握他那枯瘦的手视为荣幸……任何地方都没有像丹麦那样宽阔而绚丽的彩虹。

对这位早生一个世纪的外国人，巴氏有一股特殊的亲情，他7岁时遇上了那些童话，这是其生命旅途邂逅的第一朵金蔷薇，"这一点我很久之后才懂得：在伟大而艰辛的20世纪的前夜，我能结识安徒生这位亲切的怪人和诗人，简直走了运。"那些童话之于他，有着生命磁场的意义，"人类的善良品质，犹如一种奇妙的花香，从这本镶金边的书里飘了出来。"

和安徒生一样，巴氏才华受孕于善良性情和对美的深沉凝望——一种月光般的能量——由对世界的悲悯、对苍生的关爱、对草木的体恤所喷涌出的激情和美德。

善良有多深，才情和关怀力即多大。

酷爱大自然，几乎是俄国作家的共性，而像《金蔷薇》这样专注地寻访文学与地理、精神与自然的关系，即不多了。

假如雨后把脸埋在一大堆湿润的树叶中，你会觉出那种沁人心脾的凉意和芳香……当我们的精神状态、喜怒哀乐与自然完全一致，我们所爱的那双明眸中的亮光与早晨清新的空气浑然一体时，我们对往事的沉思与森林有节奏的喧声浑然一体时，大自然才会以其全部力量作用于我们。

在《洞察世界的艺术》一篇中，他转述了一位画家的话："冬天，我就上列宁格勒那边的芬兰湾去，您知道吗，那里有全俄国最好看的霜……"直到今天，我还能忆起撞上这句话时的激动，因为我从未留意过霜甚至雪花的差别，更毋论"最好看的"了。

他告诉我："真正的散文饱含着诗意，犹如苹果饱含汁液一样……散文是布匹，诗歌是经纬。有的散文毫无诗的因素，它所描绘的是一种粗糙的、没有翅膀的生活。"这些话对我的写作影响极大，让我对随意写下的句子抱有一种警惕：能否再准确和精密些？对文字做修改时，我也习惯用他的一句话作提醒："我们是否时刻按照这种语言理应得到的地位来对待它呢？"

和同胞作家相比，巴氏似乎是个特例，在作品气质和主题上，他并无鲜明的俄罗斯烙印，母邦文化的苦难基因和悲剧资源并未将其心灵格式化，他也未被卷入时代的政治和良心斗争。像果戈理、陀思妥耶夫斯基、托尔斯泰、爱伦堡、帕斯捷尔纳克、索尔仁尼琴等，都是在一种巨大的精神压力和灵魂纠结下，以反抗、挣扎、悲愤的姿态实施突围的，而巴氏不，他既没背负民族遗产，也未被时代的罪恶拦住去路。唯美、温情、人道、爱和诗意，乃其与生俱来的打算，他从未因现实而在这些方面打折扣。在《似乎无足轻重》一文里，他提到写作时的精神氛围："不管别人怎么样，反正对我来说，感觉到有一座孤独的果园，感觉到村外有绵亘数十公里的寒林，林中有一个个湖泊（这样的夜里，湖边决不会有一个人影，只有星光跟百年前一样，跟千年前一样，倒映在水中），是有助于我写作的。可以说，那样的秋夜，我是真正幸福的人。"

或许，正因其写作是由这种美好意境和明亮情绪来启动，所以，他的文字无形中铺了一层干净和温暖的草，并转化为了读者的幸福。这种心灵的舒适与和平，这种不被时代所羁的健康心性和稳定品质，在苏联严酷的政治环境中，是非常罕见的。他这样说："对生活，对我们周围一切的诗意的理解，是童年时代给我们的最伟大的馈赠。如果一个人在悠长而严肃的岁月里，没失去这个馈赠，那他就是诗人或者作家。"

我认为，这是个极重要的提示，尤其对工业时代的人和现代教育，尤其对 21 世纪的我们——沉溺于物质、技术和实用，荒疏了自然、哲学、艺术和诗歌——从而远离生命真相和本体意义的人。

阅读巴氏，是一种美和心智的享受，你不会有压抑感，连故事里的哀痛，也是美的，让人感激。正像他解释安徒生时所说："是的，我们需要幻想家，是停止对这三个字进行讥笑的时候了。""童话不仅为孩子，也是为成人所需要的。""对生活的宽容态度往往是一个人丰富内心的可靠标志。像安徒生这样的人是不愿把时间和精力浪费在世俗纷争上的，因为周围闪耀着鲜明的诗意，不要放过春天亲吻树木的那一瞬间……"

虽然有大量现实作品，但骨子里，他不是"现实感"和"斗争感"很强的作家，他更像灵魂方面的美学大师——大自然最亲近、最信赖之人，他是理想主义的冥想者和歌颂者，是那种干净得能聆听花鸟物语、拿到童话钥匙的人。对现实，他的反抗工具是"美"，是对丑和恶背过身去，是以回答"人应怎样生活""何以不辜负这个世界"的方式来进行。他消化矛盾、超越苦难的愿望和能力都太强了，他不能忍受被阴暗挡住光线，降低灵魂的视力。但是，这毫不妨碍他对那些英勇的同胞报以爱和尊敬，这在他对茨维塔耶娃、巴别尔、爱伦堡等人的描述中清晰可见，他熟悉对方的价值，清楚对方的意义。比如他这样说爱伦堡——

我们每个人都想象一个永久的幸福和平的时代，一个自由、理性的劳动的时代。在这个时代，饱经风霜的生命应享受安宁和幸福……一旦这个时代到来，一旦太阳在摆脱了恐惧和暴力的大地上升起，人们就会怀着深深的感激之情怀念所有为它的到来而贡献了劳动、才华和生命的人。在这些人当中，伊利亚·爱伦堡必将名列前茅。

诗性、浪漫、纯粹、理想人格、对永恒价值的守护、对细微之物的深情、对教育和艺术的关注、突破时代纠缠的美学行走……这一切，奠定了巴氏风格，一种关于审美和良知的百科全书式风格。

正是基于这种高尚的风格，这种完美的人道主义风范，1965年，他被提名诺贝尔文学奖候选人。

多年来，我已习惯将《金蔷薇》搁在床头，就像儿童让心爱的糖果触手可及。睡前翻开，无论内心多么浮躁，这时都会安静下来，连空气都变得像书中森林里的那样：清澈、湿润，有股沁人心脾的薄荷的静，绿的香……

它滋养你的精神，你的呼吸，你的肺……在有益于身心健康方面，我认为巴乌斯托夫斯基是最令人难忘的一位。

2000 年

仰望：一种精神姿势

提　要

　　在古希腊、古埃及、古华夏，当追溯文明之源时，你会发现：最早的文化灵感和生命智识——莫不受孕于对天象的注视，莫不诞生于浩瀚苍穹的感召和月晕清辉的谕示。

　　正是在星光的抚照下，人类才印证了自己的足点，确立着无限和有限，感受到天道的永恒与轮回，从而在坐标系中获得生命的镇定。

我们生活在阴沟里，但依然有人仰望星空。

————王尔德

在先者关于生命、时空、信仰……的表述中，有一段话，堪称纪念碑式的声音。此即哲学家康德的墓志铭："有两样东西，对它们的凝视愈深沉，在我心里唤起的敬畏与赞叹就愈强烈，这就是：头顶的星空和心中的道德律。"

仰望星空——许多年来，这个朴素的举止，它所蕴含的生命美学和宗教意绪，一直感动和濡染着我。在我眼里，这不仅是个深情的动作，更是一道信仰仪式。它教会了我迷恋与感恩，教会了我如何守护童年的品行，如何小心翼翼地以虔敬之心看世界，向细微之物学习谦卑与美德……谦卑，只有恢复谦卑，生命才能获得神性的支持，心灵才能郁郁葱葱，生出竹的高度与尊严。

如果说"仰望"有精神同义词的话，我想，那应是"憧憬、虔敬、信守、遵循、忠诚……"之类。"仰望"——让人端直和挺拔！它既是自然意义的昂首，又是社会属性的膜拜；它喻指一个人的生命动作，亦象征一代人的文化品性和精神姿势。多年来，我有一个观察：看一个人对星空的态度——有无"眺"之习惯、有无和"仰"匹配的气质，某种意义上，看一个人如何消费星空，便可大致判断他是如何消费生命的。于一个时代的群体而言，亦如此。

在古希腊、古埃及、古华夏，当追溯文明之源时，你会发现：最早的文化灵感和生命智识——莫不受孕于对天象的注视，莫不诞生于浩瀚苍穹的感召和月晕清辉的谕示。神话、时令、历法、图腾、祭礼、哲思、占卜、宗教、科学、艺术……概莫能外。日月交迭，斗转星移；阴晴亏盈，风云变幻；文化与天地共栖，人伦与神明同息；银河璀璨之时，也是人文潮汐高涨的季节。星空，对地面行走的人来说，不仅是生理依赖，也是精神笼罩；不仅是光线来源，也是诗意与梦想、神性与理性的来源。从雅典神庙的"认识你自己"，到贝多芬"我的王国在天空"；从屈原"夜光何德，死而又育"的天问，到张若虚"江畔何人初见月，江月何年初照人"之唏嘘……正是在星光的抚照下，人类才印证了自己的足点，确立着无限和有限，感受到天道的永恒与轮回，从而在坐标系中获得生命的镇定。

失去星空的罩护和滋养，人的精神夜晚该会多么黯然与冷寂。

人之上，是山。峰之上，是天。对地球人来说，星空即唯一的上苍，也是最璀璨的精神穹顶，它把时空的巍峨、神秘、诗意、纯粹、深邃、无限……一并交给了你。

汉字真的奇妙，把"信仰"一词拆开即发现：信与仰的关系竟那么紧密——信者，仰也；仰者，信也。仰者信，信者仰。

对星空的审美态度和消费方式，往往可见一个时代的生存品格和文化习性。我发现，凡有德和有信的时代，必是谦卑的时代，必是敬畏万物、惯于仰望的时代；凡理想主义和浪漫主义涨潮之际，也必是凝视星空深情与专注之时。

应该说，直到20世纪前，人类在对星空的消费上，基本是一种纯真的、童年式的诗性消费和精神消费，人们用一种唯美和宗教的视线凝望它。现代以来，随着技术和工具的扩张，人们变得实用了、贪婪了，开始以一种物理的方式染指它……手足代替目光，触摸代替表白。这有个标志点：公元1969年7月20日，随着"阿波罗"登月舱缓缓启开，一个叫阿姆斯特朗的地球人，在一片人类从未涉足过的裸土上，插下了一面星条旗。

当星空变成了"太空"、意境变成了领地，当想象力变成了生产力，"嫦娥奔月"变成了太空竞赛和星球大战——人类对星空的消费，也就完成了由"膜拜"向"占有"的偷渡，从审美模式进入了科技模式和政治模式。

　　至此，康德和牛顿所栖息的那个精神夜晚，宣告终结。他们的星空已被彻底物理化、数字化。

　　但愿康德遗言中的那份敬畏，仍在。不因人类对宇宙的洞悉而被冲淡。

2005 年

语文的使命

——教育讲座摘录

提　要

在一个孩子的精神发育和心灵成长中，语文扮演着保姆和导师的角色，它不仅教授语言和逻辑，还传递价值观和信仰，一个孩子对世界的认知和审美，其人格和心性的塑造，其内心浪漫和诗意的诞生……这些人文任务，一直是由一门叫"语文"的课来默默承担的。

和年轻人聊天，你会发现，论及自己的成长，他眷念最深的，往往是中学语文课。

为什么呢？

在一个孩子的精神发育和心灵成长中，语文扮演着保姆和导师的角色，它不仅教授语言和逻辑，还传递价值观和信仰，一个孩子对世界的认知和审美，其人格和心性的塑造，其内心浪漫和诗意的诞生……这些人文任务，一直是由一门叫"语文"的课来默默承担的。

若语文老师是位博学雅识者，是位有品位的爱书人，在教材之外还赠送了丰盛的课外阅读，那这些孩子就是有福的。也许这些阅读，并未在考试中立竿见影，但等他成人以后，等他的人生走出了足够远，他会朝自己的语文课投去感激的目光。

语文的能量，比想象中要大得多。古代只有一门课，即语文课，那是一门人生课，一门教孩子"做人"的课，把"人"做对、做好、做美，提升做人的成绩。它里面盛放的，是人的事迹，是人文与伦理，是情感美学和人格理想。

语文，是天下最大的课堂。于之而言，几无"课外书"之说。

语文课，本质上即阅读课。无论对老师或学生，我的建议都是丰富阅读，并使之成为一件快乐的事。如今的教学，似乎太注重对单篇文本的理析和深度挖掘，有"开采过度"和"玩术"之嫌，在命题和答案设计上，"归纳性""排他性"过强，参与空间小，谈判机会少，阻断了学生的想象、思考和讨论。其实，这等于剥夺了学生在阅读理解上的主权。我有许多文章被用于了试题，而我做那些"作者认为"的题目时也颇感棘手，因为它们缺少谈判空间。文学无疑是语文的核心，而文学的本性是诗性的、浪漫的、多义的，可它常遭受"物理""数学"的待遇。

发现语文之美，是热爱语文的密码。学习语文的最好路径，是"旅行"式的阅读，要移动，要"广游"，当你积累了丰富的精神地理，当你领略了足够的心灵风光，你自会清楚每一段里程的意义，你才有自己的鉴赏力和感受力。语文老师应成为汉语世界里的旅行家和鉴赏家，你是什么，语文就是什么；你有多大，语文即有多大；你有多美，语文即有多美。

丰富阅读，我指的不是数量，而是视野、格局和配方，我觉得当下孩子的阅读负担很重，但视野不够辽阔，格局偏小，资源配置和作业设计不合理，传统文学主题、情感类软文侵占了孩子太多时间。尤其在现代人文理念和价值观的提供上，缺失项较多，没有及时和社会生活同步，比如食品安全、环境伦理、动物福利、公民意识、人道主义、弱势群体、社会正义等话题，这方面，不妨引入一些当代杂文、时评和思想类随笔，以弥补传统语文在公共理性上的不足。要把"做一个优美的中国人"和"做一个合格的现代人"结合起来。

抛开考试困扰，我觉得做语文老师真是天底下最幸福的事，这份职业就是和孩子一起读书的事业。

两千多年前，孔子问众弟子：人生当如何？他最赞许的回答是："暮春者，春服既成，冠者五六人，童子六七人，浴乎沂，风乎舞雩，咏而归。"阳春三月，脱掉厚棉衣，轻装盈步，几个成年人带上一群小儿，在河水里嬉戏，然后吹吹风，晾干肌肤，唱着歌回家了。

天地间，一群知时节的人，一群纯真无忧的人，一群生命在起舞。每读之，我总隐隐动容，为这种天赐的零成本的欢愉所感染，不禁想起海子的"春暖花开，面朝大海"，想起荷尔德林的"诗意栖息"，而前者比后者更简易，更添平民的温暖和朴素。

或许，在孔子眼里，这也是最理想的教学情境吧。在露天的课堂里，阅读的是自然，沐浴的是身心，俯仰的是天地。其实，孔子何尝不是一位伟大的语文老师呢？《论语》即一部教学实景范本，它是开放的、互动的、讨论式的，又是思辨性和文学性的统一。

我以为，语文的使命，主要是帮学生完成三个方面的奠基：一是语言系统；二是美学系统；三是价值观选项系统。自古至今，优秀的教学莫不如此，上文提到的《论语》片段，表达的正是一种生活美学和价值观选项。同样，这三个系统，也可作为一本好书的标准。教师的任务，即围绕这三个方面筛选篇目、设计比例，完善孩子不同时期的阅读。

我不知今天的师生是如何消费孔子与弟子的这段聊天的，若只求字释句注，精神上无动于衷，那是最糟糕的。我觉得，若教学时，能在心境和语境上努力还原现场，把它还原成生活本身，把它和我们各自憧憬的生活方式、心灵状态结合起来，和现代人生存的复杂、焦虑结合起来，那就是成功的。

"咏而归"，多惬意，多美好——那歌声是从生命的最深处传来的，一直响彻到今天。

语文也应是歌声嘹亮、让人幸福的。

2014 年

读书：最美好的生命举止

——与年轻朋友的文学通信之一

提 要

朗读诗歌的人，往往是最热爱生活的那一类人，是灵魂端庄而优雅的人，是幸福感强烈而稳定的人，是血液里住着酒精和火焰的人。诗歌是一种信仰，是一种向生命致敬和献词的方式。这是一种古老的方式，也应成为一种年轻的方式。

你问到了"读书"对现代人尤其年轻人的意义，这正是我想说的。

在我看来，阅读，不仅是一项生活内容，还是一种生活方式。一个人的知识构成、价值判断、审美习惯，多来自阅读。我是20世纪60年代末生人，我的青春期没有互联网，我是在读书中长大的，它帮我完成了和历史上那些优秀人生的交往，有了书，你就不孤独，即有了全世界的旅行，即可领略全人类的精神地理和心灵风光。

在这个电子媒介时代，我尤其推崇纸质阅读。抚摸一本好书，目光和手指从纸页上滑过，你内心会静下来，这是个仪式，就像品茗，和一个美好的朋友对坐，氤氲袅袅，灵魂游弋，你会沉浸在一个弥漫着定力和静气的场中。而浏览网页，不会有这感觉，你只想着快速地掳取信息，一切在急迫中进行，这就不是品茗了，是咕嘟嘟吞水。纸质阅读是有附加值的，它会养人。

读书不是查字典，不要老想着"有用"，其价值不是速效的，而是缓释的，是一种浸润和渗透的营养，一个人的心性和气质从哪儿来？就是这样熏陶出来的。古人说："三日不读书，则面目可憎。"儿时不解，后来我懂了。一方水土养一方人，书籍即这水土，养的效果取决于你的阅读质量和吸收能力。

你提到我那本阅读札记《跟随勇敢的心》，不错，正像自序中所说，这是我深夜精神私奔、与大师对话的结果，也记录了我青春岁月的心路。当时我客居在一个小城，大运河畔，很僻静，我的家当是几纸箱书，那是我全部的人生行李。在那儿，我度过了最重要的读书时光，那时候，感觉白天很短，夜晚很长，一亮灯，纸箱一打开，时空即变了，繁星照耀，一个青年走出很远很远，然后赶在天亮前回来……那是李白杜甫苏轼和徐霞客的星空，那是普希金、"十二月党人"和"古拉格群岛"的星空，那是苏格拉底、伏尔泰、康德和尼采的星空，那是文艺复兴、法国大革命和"五月花号"的星空……

你问对我影响大的作家有哪些？好作家的标准是什么？

我把优秀作家分成三类：一类可读其代表作，一类可读其选集，一类可读其全集。有位青年去远方支教，一个荒凉之地，来信问带什么书好，我想了想，说：若你只带一部书，那就带罗曼·罗兰的《约翰·克里斯朵夫》吧，它的精神体魄能激励你变强壮，它会像体能教练一样辅导你，让你美好而自足地面对全世界，不再盲目求教或求助于另者。

就精神的端庄和美感而言，我推崇罗曼·罗兰和茨威格，我称之为"人类作家"，亦即前面说的第三类。茨威格，是对我有贴身影响的人（这种影响，和一个人的"精神体质"有关，或者说，他是我的"过敏源"，我反应大），其文字有一种罕见的高尚的纹理，有一种抒情的诗意和温润感，他对热爱的事物有着毫不吝惜的赞美，尤其对女性，极尽体贴与呵护，很绅士、很君子，他是天然的贵族，我欣赏他的心性和教养，我极信任他的文字，此感觉在别人身上很少获得。

读他们的时机越早越好，一旦你读了大量流行书和快餐书之后，即很难再领略其美感，因为你的口味被熏得太重了。

一个人，拿什么来为自己奠基，拿什么做"人之初"的精神功课，很重要。

我对年轻朋友说，趁青春，多读几部长篇。据我的体会和观察，一个人30岁后，很可能无缘长篇小说了，不单少了闲暇，重要的是没了心境，没了与之匹配的动力和好奇心，没了那种全神贯注、身心并赴、如饥似渴的状态。读长篇是大投入，需要一种生活节奏和内心节奏来配合，读长篇是一种"慢"，是一场漫长的精神徒步，要求你不功利、不急躁，体力和心力都充沛，需要你支付一份绝对信任……而30岁后，人似乎不愿再把自己交出去了，少了一种对事物的迷恋，疑心重，拒召唤，畏惧体积大的东西。

请一定别忘记诗歌！诗是会飞的，会把你带向神秘、自由和解放的语境，带向语言乌托邦。诗，表达着语言的最高理想和生命的最纯粹领地，其追求与音乐很像。和长篇一样，青春应该是读诗的旺季，这时候的你，内心清澈、葱茏、轻盈，没有磐重的世故，没有杂芜的陈积和理性禁忌，你的精神体质与诗歌的灵魂相吻合，美能轻易地诱惑你、俘虏你，你会心甘情愿跟她走。

诗是用来"朗读"的。和"看"不同，"朗读"是声音的仪表，是心灵的容颜，是一种爱情式的表白。"朗读"，足以把文字变成情书，变成光芒，变成激动和战栗……朗读诗的人，往往是最热爱生活的那类人，是灵魂端庄而优雅的人，是幸福感强烈而稳定的人，是血液里藏着酒精和火焰的人。

诗歌是一种信仰，是一种向生命致敬和献词的方式。这是一种古老的方式，也应成为一种年轻的方式。

不知为何，"读"书人似乎越来越少了，人的嘴唇变得懒惰而迟钝，变得嗫嚅不清、语无伦次。留住"读"的习性吧，别丢了，这是热情，是本领，是生命温度。

就文学而言，我觉得不妨多读两类东西：一是古典和经典，比如莎士比亚、安徒生、契诃夫、陀思妥耶夫斯基、托尔斯泰、帕乌斯托夫斯基、阿赫玛托娃、帕斯捷尔纳克、雨果、福楼拜、尼采、海明威、川端康成、卡夫卡、泰戈尔、马尔克斯、奥威尔……比如鲁迅、沈从文、萧红、张爱玲、丰子恺、汪曾祺、孙犁等。再者即当代作家的好作品，尤其本土作家，毕竟母语写作，而翻译作品，往往有美学和信息上的损失，这个名单太长，不列举了。

另外，我觉得一个人一定要读点儿哲学，精神构成中要有一点务虚和形而上的东西，它们最接近世界真相和生命核心，哲学提供的就是这个。

人世间，思想家很多，"生活家"很少。纯正意义上的生活，聚精会神的生活，超越阴暗和苦难的生活，不被时代之弊干扰的生活。

除了思想榜样，我们还要为自己积攒一些生活榜样，一些独立而自由的情趣之人，一些"生活的专业户"，以做我们的精神邻居。

丰子恺、王世襄，我非常喜爱的两位生活大师，是那种"长大成人却保持一颗童心"的人，是让你对"热爱生活"永远投赞成票的人，我称之为精神上的"和平主义者"和"绿色环保者"。我开玩笑说，多读他们，可防抑郁或自杀。

穿越浊世的丰子恺，顽强地将童心承续一生，在他身上，那种对万物的爱，那种对生活的肯定和修复态度，那种对美的义务，是如此稳定，不依赖任何条件。儿童，是他的画材，也是他的宗教；是他的儿女，也是他的偶像；是他心灵的糖果，也是他思想的课本。儿童的游戏、儿童的逻辑、儿童的爱憎、儿童的简易与欢乐……皆让他深深痴迷。

我欣赏丰子恺和孩子建立起来的那种关系，更理解他对儿童被成人社会俘虏之后的那份痛惜。初为人父，有媒体采访我的育儿想法，我说：对童年而言，美学意识的苏醒和启蒙，或许是最重要的，包括人格、情感、自然审美等。虽然我担心，社会环境和你帮孩子搭建的心灵环境太不匹配，但我不后悔，因为他有一个合格的童年。童年即童年本身，它是独立的，有尊严的，它不能作为成人的预备期而被牺牲掉。当年，《精神明亮的人》出版时，我在封面上题了这样一句话："让灵魂从婴儿做起，像童年那样，咬着铅笔，对世界报以纯真、好奇和汹涌的爱意……"

枕边，我常放丰子恺的画册，以助一场美好的睡眠。我常想，这个国家的气质和日常生活里，若多一点丰子恺味道，该多好，该多好。

大师已去，却把他的孩子献给了全世界：阿宝、软软、瞻瞻、阿韦……丰子恺作品，我最喜爱的，是20世纪50年代以前的，之后的画，孩子们戴上了红领巾，脖颈有点僵了。

罗曼·罗兰有言："世上只有一种真正的英雄主义，那就是在认识生活的真相后依然热爱生活。"这是我心目中的好作家标准，好的作品和人生，都实践着这一点。

说了这么多，其实，我并不想把我的价值观强加于你，包括我将要说的，皆非真理，只是选择，一个人的选择，或者说，一个人的"真理"。

一个人的真理，只有参考意义，没有信奉意义。更何况，对精神和心灵来说，真理并非最高的价值标准，只有于自然科学，真理才是最高价值。

读书不为别的，是让书里的那些精神光线或美学营养，照亮我们，提升我们的心灵视力，滋养和愉悦我们的人生。有句话说，"你喜欢这些东西，说明你本身即属于这些东西"，除了意义，要尊重自己的喜欢或不喜欢。一本书，若既有意义又有意思，那最好了。

2013年1月

"无穷的远方，无数的人们"

——与年轻朋友的文学通信之二

提　要

即使在一个糟糕透顶的年代、一个心境被严重干扰的年代，我们能否在抵抗阴暗之余，在深深的疲惫和消极之后，仍能为自己攒下一些明净的生命时日，以不至于太辜负一生？

你问，现在出版物多得让人恐惧，各类推介泛滥，很困惑，怎样算是好书？一个人怎样与一本好书相遇？

其实，适合你的书即好书，能让你心底微笑的书即好书，与你"化学反应"并有新物质生成的书即好书。

我提醒身边的年轻人：少接触畅销书和明星书，少亲近浓妆艳抹的招揽和吆喝，别让其占据你的书架和闲暇。因为"畅销"角色决定了其快餐品质，它是为讨好你的惰性和弱点而策划的，不可避免带有粗糙、轻佻、伪饰、狂欢的性能，你会得到迎合却得不到提升。它是产品，不是作品，只能一次性消费。

一册好书，在生产方式上，必有某种"手工"的品质和痕迹，作者必然沉静、诚实、有定力和耐性，且意味着一个较长的工期，内嵌光阴的力量。人生，若能找到一些好书并安置在身边，那就很幸运，很富有，仿佛住在一栋优美的房子里，周围都是好邻居。

积累好书，确需一些渠道，比如你可追踪某个喜欢的作家，从其阅读经历中发现线索。若你欣赏一个人，他欣赏的东西很可能亦适合你，因为你们的精神体质相仿。另外，生活中可寻一些有鉴赏力的书友，将其收藏变成你的收藏。读书是一种生活，需要孤独，也需要分享，有书友是件很幸福的事。

你对我的写作和生活很好奇，我的书你几乎搜集全了，你表达了热爱，你是真诚的，但还是过誉了。有一点你没说错，在题材上，我喜欢"变"。是的，我追求视野的辽阔，并习惯于一种散漫的自由。

生活，始终引导我做一个有内心时空的人，一个立体和多维的人，一个耽于冥想、心荡神驰的人。有人说过：你的选题和视角很独特，多为首创，一篇文章换了别人可能会扩成一本书，舍不得用完……我就用单篇结束，我不爱在一个点上沉溺太久，那样不自由，我的写作有点像散步，喜欢漫无边际地游走，喜欢地形复杂的野地，人越少，事物越多，能见度越高。这在自选集《精神明亮的人》里最明显，篇篇题材各异，彼此都意味着"远方"。就像我给一档电视节目取名《看见》，我希望它能看见遥远的东西，看见那些被遮挡和忽略的事物，在选题上，我偏爱那些隐蔽的生命类型及其命运故事，偏爱有"精神事件"品质的新闻事件。哪些表达非己莫属？"看见"什么和怎样"看见"？这是我判断和投入一次写作的前提。写得少，也和这种态度有关。

媒体是我的职业，写作是我的生活。人和人的差异即在于业余，我曾说，真正的好东西你一定要把它留给业余，不要当什么专业作家或职业写手，他们要么服务于职能，要么服务于市场。

一个作家，能不能在精神和行动上与自己的时代缔结一种深刻关系，决定着其作品的气象和格局。他要具备两种能力：恨的能力和爱的能力。你的关怀力越大，越激发这两股力量，爱得越深沉，越能逼近爱的敌人，看清那些威胁美的东西，你就要去抗争，去捍卫这个生存共同体，去保护你所爱的人和事。

鲁迅之伟大，正因为他对"义务"的理解，"无穷的远方，无数的人们，都与我有关"。

任何艺术，都离不开责任，一个人的精神成绩，往往取决于关怀力大小。一个好作家，首先是一个赤子，他要发现时代的任务，要关心他者的遭遇和人类的命运，一个人的生活态度即写作态度。有次，某报刊让我谈谈"理想主义"，我举了捷克作家伊凡·克里玛的例子，20 世纪 70 年代，在回答为何不出国避难时，他说："因为这是我的祖国，这儿的人和我讲的是同种语言……对国外那种自由生活，因为我没有参与创造它，所以不能让我感到满足和幸福。""我没有参与创造它"，这是最打动我的话。一个作家，若只沉迷手艺而拒绝时代的召唤，那只是个平庸的文匠；一个人，若只有生活理想而无社会理想，是难称理想主义者的。理想主义者通常是忧郁的，但要哀而不伤，可以愤怒，但不能绝望。理想主义不是画饼充饥，它富于行动，要做事，要追求改变。它要赶路，披星戴月，风雨兼程。

中国是个苦难型社会，让人生气的事太多，"忧愤""焦虑"几成日常表情，故百年以来，鲁迅的号召力远大于他人。但仅有愤怒和批判是不够的，一个人的内心不能总是硝烟弥漫、荆棘丛生，要有风和日丽、山花摇曳……如此，我们才不远离生命的本位和初衷。

当下有个精神危险：由于粗鄙和丑暗对视线的遮挡、对注意力的绑架，人们正逐渐丧失对美的发现和表述，换言之，在习惯和能力上，审丑大于审美。这其实是个悲剧，生活有荒废的可能。尼采说："与怪兽搏斗的人要谨防自己变成怪兽……如果你长时间盯着深渊，深渊也会盯着你。"这就是为何长期以来，我在写作中总告诫自己，别忘了凝视和采集美好之物，这是我们热爱生活的依据。正像我在一本书的封底所写："即使在一个糟糕透顶的年代、一个心境被严重干扰的年代，我们能否在抵抗阴暗之余，在深深的疲惫和消极之后，仍能为自己攒下一些明净的生命时日，以不至于太辜负一生？"

20世纪末，第一本书《激动的舌头》出版时，评论家王小鲁说："他在一个措辞不清的黄昏里，具有罕见的说是与不是的坚决与彻底能力。他在一个虚无主义的沙漠中，以峭拔的姿态和锋利的目光，守护着美与良心。"

抛去形容词，有两个名词他所用是恰当的：美与良心。换言之，审美精神与批判精神，爱与恨。我离不开这两样东西，每篇都是，每本书都是，每分钟都是。

我对单极事物有呕吐感，必须有两个系统，两张精神餐桌，否则会厌食，会憔悴。所以，当你称我"疾恶如仇"时，我想说：

我不是反对者，我只是反抗者。我出生的全部目的只有一个：生活！在充分的肯定语境和平静心态中生活，在充分的美和爱中生活，聚精会神、不被干扰地生活。我从未料到会带着愤怒和冒烟的心情来度日，但当生活被恶意篡改时，我想，必须奋斗，必须抗争。有些任务，应在这代人身上完成，否则，我们配不上来自后世的尊敬和爱戴。后人可重复我们的爱，但不应重复我们的恨。

但是，生活——生活永远是最重要的，无论多么崇高的事业和精神征战，都别忘了生活本身，别让生活离你远去，别忘了我们出发的理由……向大自然学习生活，向儿童学习生活，它们是最好的导师。

因此，我的书架上，我的精神客厅里，会有鲁迅、胡适、卢梭、伏尔泰，也会有李渔、张岱、丰子恺、王世襄，还有许多植物图谱、园林画册和童话绘本……他们济济一堂，彼此敬爱。

希望他们，亦能成为你的嘉宾，更希望你能带着神秘的客人，来这儿串门。

搬把椅子，在太阳下读书，真是幸福的事，也是生命最美好的形貌和举止。

2013 年 1 月

做一个有"祖"的人

提　要

不谙身世，生命即缺少出处，即来历不明、犹若孤儿，我们的灵魂即无枝可栖……这样的人生不仅尴尬，而且虚无。

做一个有"祖"的人，乃当代国人的精神功课。我们需要文化的国籍、美学的国籍、灵魂的国籍，并在此基础上诞生真正的爱国者。

我曾说，无论教育再现代，都别漏掉一点：培养孩子的"身世感"。即在精神、文化、情怀和风物记忆上，做一个有"祖"的人。具体地说，即做一个有"祖国"的人，做一个有"故土"的人，做一个有"家传"的人。

你从哪里来，你是谁，你到哪里去……一个人，只有打通了时间，找到自己与历史、个体与族群的联系，他的生命方可定位，方有"来龙去脉"和坐标系，他对自己的生命角色才有完整的感受，才能"立身"并持有生命的身份证。

"山一程，水一程"……你身在何处？你到了哪一程？这就是"身世感"。大的身世，即民族的文化传统和国史；小的身世，即我们的家族谱系和故乡史。所谓家国，蕴意于此。

给中学生讲座，我问台下，到过你们的祖籍地吗？知道祖父曾祖父们的故事吗？摇头，大部分连名字都不知。

我笑道，你们都是"孙悟空"啊，从石头缝里蹦出来的。

日前，我的央视同事做了一档节目，叫《客从何处来》。这是一个名人寻根的纪录片，第一季有易中天、陈冲、马未都等，他们从一点线索开始，寻访祖辈的生活轨迹和命运细节。它虽然外壳上借鉴了国外的真人秀节目，但在我看来，它对国人的意义尤为重大，在文化和精神上，它更有理由成为正源的本土节目，因为没有比传统中国更推崇"认祖归宗"了，它可以帮我们做好"中国人"。我在评点易中天那期时说："这是一条探亲的路。这是几百年的亲，这是几千年的路。不谙身世，生命即缺少出处，即来历不明、犹若孤儿，我们的灵魂即无枝可栖……这样的人生不仅尴尬，而且虚无。易中天著作等身，不过是立言，今乃立身。"

中国人需要一条"回家"的路。这条路，曾熙熙攘攘，如今人迹稀疏，这就叫"人心不古"。不久前，有媒体发起了"中学生历史写作大赛"和"微家史"征集活动，其实质即精神上的"问祖""探亲"。

我问孩子们，什么情形下你会想到自己的"祖国"？通常答：升国旗、奏国歌的时候，火箭发射上天的时候，奥运夺金的时候……

我说理解，而我更多的是在如下情形：坐飞机俯瞰山河的时候；翻地图册的时候，尤其五颜六色的地形图；过长江三峡、观壶口瀑布的时候；爬泰山、游晋祠、登长城的时候……我觉得这就是我的"祖国"，它太丰饶太瑰美了，我没理由不爱它。还有汶川地震时，这个民族承受着大苦难，所有人缔结成一个命运共同体，我会不由自主想到"祖国"一词，我被大地的裂口震撼，为它疼痛，为它祈祷。

有首老歌，叫《我的祖国》，一上来说："一条大河波浪宽，风吹稻花香两岸，我家就在岸上住，听惯了艄公的号子，看惯了船上的白帆……"我觉得这小段词特别好，很纯粹，超越了时间和政治。是啊，这就是我们的祖国，这才是我们的祖国，世世代代居住的家园，也只有这般朴素的山河，我们才能在情感上与"祖国"相认。

我认为，"祖国"一词，重心在"祖"上。支撑它的，是那些古老和永恒的东西，是在"变"中坚持"不变"的东西，是祖祖辈辈赖以生存的最信任的东西。有句话常挂嘴边，叫"在这片古老的土地上"，但若没了祖业，若没了祖上的山水、文化、遗存，若没了祖上的文章、语言、习俗，甚至连祖坟都没了，"祖国"何以安身？

做一个有"祖"的人，乃当代国人的精神功课。我们需要文化的国籍、美学的国籍、灵魂的国籍，并在此基础上诞生真正的爱国者。

只有深谙了祖国的身世和奋斗史，读懂了那些理想主义的先贤们，我们才会明白这个民族需要怎样的未来，才可能续写好它的新史。

2014 年

图书在版编目（CIP）数据

做一个精神明亮的人 / 王开岭著 . -- 长沙：湖南文艺出版社，2025.3. --ISBN 978-7-5726-2197-0

Ⅰ. I217.2

中国国家版本馆 CIP 数据核字第 2024EY1290 号

上架建议：畅销·文学

ZUO YI GE JINGSHEN MINGLIANG DE REN
做一个精神明亮的人

著　　者：王开岭
出 版 人：陈新文
责任编辑：何 莹
出 品 方：好读文化
出 品 人：姚常伟
监　　制：毛闽峰
策划编辑：牛 雪
特约策划：张若琳
营销编辑：刘 珣 大 焦
封面设计：末末美书
封面插画：阿 YU 儿
版式设计：鸣阅空间
出　　版：湖南文艺出版社
　　　　　（长沙市雨花区东二环一段 508 号　邮编：410014）
网　　址：www.hnwy.net
印　　刷：北京美图印务有限公司
经　　销：新华书店
开　　本：875 mm × 1230 mm　1/32
字　　数：194 千字
印　　张：10.5
版　　次：2025 年 3 月第 1 版
印　　次：2025 年 3 月第 1 次印刷
书　　号：ISBN 978-7-5726-2197-0
定　　价：55.00 元

若有质量问题，请致电质量监督电话：010-59096394
团购电话：010-59320018